爆肝工程師的
異世界狂想曲
6
Kadokawa Fantastic Novels

莉薩
橙鱗族少女。
小玉
貓耳族少女。
佐藤
誤闖異世界的三十歲
左右程式設計師。
波奇
犬耳族少女。
亞里沙
庫沃克王國的前任公主。
前世為日本人。
露露
出身於庫沃克王國。
亞里沙的姊姊。

娜娜
面無表情的魔造人。
蜜雅
寡言，喜歡音樂的精靈。
卡麗娜
穆諾男爵家的次女。

「話說這位小姐，您是否願意和我共舞一曲呢？」
「是的！非常樂意！」

爆肝工程師的異世界狂想曲

6

愛七ひろ

Death Marching to the Parallel World Rhapsody

Presented by Hiro Ainana

Kadokawa Fantastic Novels

插畫／shri

C O N T E N T S

Death Marching to the Parallel World Rhapsody 6

琳格蘭蒂

「我是佐藤。說到木馬我最先聯想到的就是旋轉木馬。不知道為什麼，我有許多朋友卻是聯想到機器人動畫，遲遲無法獲得大家的理解。真是不可思議。」

「馬～？」

「是馬先生喲。」

在順著大河而下的大型船上眺望天空，白頭髮貓耳貓尾的小玉和褐色鮑伯頭髮型犬耳犬尾的波奇兩人一邊這麼喃喃自語。

眾人躺在擺放於甲板的沙發上休息，聽見兩人的聲音後也很好奇地回頭。

「咦？是那個小點嗎？真佩服妳們看得到那麼小的東西。」

以金色假髮隱藏了紫髮的亞里沙瞇細紫色的雙眼，將目光投向小玉和波奇所指的天空彼端。

「主人，請增設望遠單元——這麼希望道。」

從我後方突然探出臉來的是將金色頭髮綁成了馬尾的娜娜。儘管一樣面無表情，但最近也漸漸能分辨出她的感情起伏了。

她用手摟住我的脖子並將豐滿的胸部擠壓而來。看起來很像在色誘，不過身為魔造人的她實際年齡為零歲，所以感覺就像是小孩子渴望與雙親肢體接觸那樣。

因為捨不得離開這種幸福的觸感，我也就任憑娜娜處置。

不過，似乎有人對此看不下去了。

「太近。」

演奏著清脆樂曲的蜜雅將眼睛瞪成三角形，闖入娜娜和我兩人之間。

那綁成雙馬尾的淡青綠色頭髮隨之晃動，從中露出精靈特有的微尖耳朵。

這時忽然有種袖子被輕輕拉扯的觸感，我於是轉向那邊。

「主……主人果然還是……那個……喜歡比較大的……」

頂著奇蹟般美貌浮現淚水這麼嘀咕的，是黑頭髮黑眼睛且擁有一張日本人臉孔的露露。

美少女無論是什麼樣的表情都一樣美麗。

雖然很想將這個瞬間永遠留存在畫作裡，但我實在不忍讓這個被保護人繼續維持悲傷的表情，於是便用手指輕柔地擦拭她的淚水。

由於聲稱「如此的美少女看起來相當醜陋」，所以讓我覺得這個世界的居民在審美觀方面有些罪孽深重。

「主人，似乎有人騎乘。」

身為橙鱗族的莉薩在我身旁謹慎地舉起魔槍，提供了這項追加情報。

朱紅色頭髮的另一端可見凜然的側臉。那覆蓋鱗片的橙色尾巴微微晃動，反映出本人的緊張。

「是襲擊嗎？」

『盜賊應該不至於單槍匹馬才對。』

坐在一旁沙發上的穆諾男爵千金卡麗娜，這時將金色的法國捲髮一口氣撥向身後並仰望天空。

回答她的這個富有磁性的男聲，則是從她胸前散發藍色光輝的銀飾傳來。

其名為拉卡，是可賦予裝備者身體強化及強大防禦力的「具有智慧的魔法道具」。

儘管同伴們和拉卡等人如臨大敵，我卻從地圖顯示的光點詳細情報中得知從天上接近的並非敵人。

話雖如此，由於得暴露出我的特殊技能「地圖」才能取信眾人，所以目前卡麗娜小姐和拉卡在場的情況下就無法告訴同伴了。

再過一會兒就能看清對方身影，所以在那之前，就先當作是為悠哉的乘船旅行增添一些趣味吧。

話說回來——

像現在這樣子享受著和平的乘船旅行，實在很難想像魔王昨晚才剛在公都的地下復活了。

與前來支援重建及慰問穆諾男爵領的特尼奧神殿巫女賽拉相遇，就彷彿是發生在很久以前的事情。

在如此和平的大河畔，魔王信奉集團「自由之翼」成員們竟然將賽拉當成活祭品成功復活了魔王。

儘管如此，魔王如今已經被我消滅，因成為活祭品而死亡的賽拉小姐也在特尼奧神殿巫女長和「復活的祕寶」的幫助下順利復活了。

根據地圖情報，她目前正處於「虛弱」狀態，不過神殿裡有許多會施展神聖魔法的神官所以應該不用擔心。至於前往探望一事就等她身體再稍微回復好了。

下個「魔王的季節」應該在六十六年後，所以接下來我打算採取享受和平時光的方針。

況且目前要前往的公都似乎充滿了許多稀有的事物，因此我正在考慮長期逗留以享受當地的觀光樂趣。

儘管把身為精靈的蜜雅送回故鄉的時間會因而延後，但我已將她平安無事的消息傳出去，蜜雅本人也表示精靈不會在意一年左右的誤差，所以我準備要優先增廣自己的見聞。

另外，我們與身懷使命要將穆諾男爵的書信送至王都的卡麗娜小姐預計將會在公都分開，不過她身邊有拉卡和其他兩名武裝女僕跟著，所以我應該不用操心才是。

就在思考這些事情的期間，船上的護衛兵和同船的騎士們似乎也發現了天上接近的影子。

護衛們開始準備對空魔法和弓箭，鳥人與蝙蝠人護衛兵則起飛進行偵察。

受此影響，同伴們也著手準備投石和弓箭，但我小聲制止了。

「那不是敵人，你們不用慌張哦。」

我在小玉和波奇發現的當下就進行過地圖搜尋，將天上接近的騎馬之人身分調查完畢。遠觀技能和眺望技能將對方的模樣送到我的眼裡。

一具白色的木馬型魔巨人在天空中飛翔。那和我的天驅恐怕是相同原理吧。ＡＲ顯示當中出現了「飛行木馬」字樣。

跨坐於其上的是一名身穿銀白色全身甲冑的纖瘦騎士。由於戴著頭盔所以無法看到長相，但勾勒出女性身體曲線的甲冑令人有種「對方是位美女」的預感。若鎧甲的弧度沒有誇大，應該有將近E罩杯的大小吧。

她叫琳格蘭蒂．歐尤果克。等級五十五。從技能組成來看，與其說是魔法使應該比較像個魔法劍士。

她是勇者隼人．正木的隨從，特尼奧神殿巫女賽拉的姊姊。其二十二歲的年齡比賽拉大了七歲。

身為希嘉王國重臣歐尤果克公爵的孫女，儘管不知她為何會跑去跟隨沙珈帝國的勇者，不過想必是位和賽拉十分相似的美女。

我懷著這樣的期待一邊眺望之際，前往偵察的鳥人火速返回了。

「是琳格蘭蒂大人！『天破的魔女』琳格蘭蒂大人回來了！」

鳥人在船的上空盤旋，情緒激動地這麼報告著。

從他鳥嘴中發出的雖然是讓人很難聽懂的「倫咕安勒拉拉」，但我勉強在腦內自行補充完畢了。

賽拉的姊姊似乎相當出名，不光是船員和護衛兵，就連騎士們也口中唸著「琳格蘭蒂大人」這個名字。

「琳～？」

「是格蘭蒂喲？」

面對周遭人的鼓譟，小玉和波奇顯得很坐立不安，東張西望地游移著目光。

「琳格蘭蒂……大人？莫非是成為勇者隨從的那一位……？」

卡麗娜小姐站起來，那望著崇拜的偶像的目光與接近的騎影重疊在一起。

她想必是以前從穆諾男爵這位勇者迷那裡聽過了許多的傳聞吧。

「亞里沙妳以前見過琳格蘭蒂大人嗎？」

「沒有。我見到勇者隼人應該是在她加入之前的事。」

我這麼小聲發問後，亞里沙左右搖了搖頭。

「不過，她平常大概看慣了日本人，所以很可能會看出主人的來歷為何。」

「說得也是，到時我就像露露那樣聲稱祖先是日本出身好了。」

和亞里沙這麼交談的同時，我一邊在腦中組織編造的故事。

不久乘坐飛翔木馬的琳格蘭蒂小姐接近至船邊。

她脫下頭盔，銀線般柔順的銀髮隨之流洩而出。

不同於一頭銀髮近似於白金色的賽拉，她的頭髮是純粹的銀色。由於太過美麗，那頭髮給人一種彷彿人造物品的印象。

臉蛋與賽拉相像，但和讓人聯想到可愛花朵的賽拉不同，她就像大朵的玫瑰那樣散發出一種具有強烈自我主張的魅力。

「我是歐尤果克公爵的孫女，琳格蘭蒂！希望能降落在貴船上。」

琳格蘭蒂小姐用嘹亮有力的聲音這麼呼喊之後，位於船尾的船長便立刻做出同意降落的回答。

儘管給人的印象完全不同，她的聲線卻像極了賽拉。

「「「琳格蘭蒂！」」」

或許是聽到她的聲音後深受感動，船上的人們一同出聲歡迎。

「「「琳格蘭蒂！」」」

眾人不斷原地踏步並舉起手臂的模樣實在太過狂熱，讓我有些難以跟著模仿。

被周遭氣氛震懾的小玉和波奇垂下耳朵露出不安的眼神，我於是讓她們坐在大腿上並撫摸兩人的腦袋。

除了我和同伴們，其他並未加入狂熱行列的人就只有以賽拉護衛身分同行的近衛騎士伊帕薩・羅伊德勳爵了。他的目光就像在看待長成大人的妹妹一樣帶著暖意。

就連哈尤娜女士儘管手裡抱著擁有神諭技能的嬰兒瑪尤娜，卻仍忘我地抬頭注視著琳格蘭蒂小姐。至於她的丈夫多爾瑪則是因為暈船而一直關在船艙內。

「隔壁。」

「我……我也要！」

蜜雅和亞里沙偷偷摸摸地潛入沙發左右側緊貼著我，然後露出心滿意足的微笑。

「好……好有人氣呢」

露露坐在鋪於腳邊的蓬鬆毛皮上，頂著紅通的臉望向那邊。神情激動的露露真是可愛得讓人想將她拍成照片。

「主人，想要和那隻馬一樣的布偶——這麼宣告道。」

「好啊，反正在船上很閒，就幫妳做一隻吧。」

出聲的娜娜站在我的身後專心注視著琳格蘭蒂小姐的飛翔木馬，於是我向她這麼承諾。構造簡單的布偶，就算連大家的份一起製作也只要半個小時左右。

「感謝主人！」

聲音中帶著喜悅的娜娜將我的臉緊緊抱在豐滿的胸前以表達感謝之意。

話雖如此，立刻就被亞里沙和蜜雅這對鐵壁雙人組強制打斷了。不過我已經覺得自己相當幸福，所以沒有任何怨言。

就努力幫她製作可愛的布偶吧。

「士爵大人，船員們這麼吵鬧真是抱歉。」

前來道歉的是在這艘船上負責照顧我們的領隊小姐。

她是這艘船的領隊，同時好像還是船主古魯里安太守沃爾果克伯爵所雇用的文官之一。

「不要緊哦。琳格蘭蒂大人還挺受歡迎的呢。」

望著將飛行木馬降落在後甲板的琳格蘭蒂小姐與伊帕薩動爵和船長交談的一幕，我一邊向領隊小姐拋出這樣的話題。

「士爵大人您不知道嗎？」

她似乎是琳格蘭蒂小姐的狂熱粉絲，雙手在胸前握拳整個人靠了過來。

我在對方的氣勢影響下不自覺點頭之後，她便開始講述關於琳格蘭蒂小姐的許多事蹟。

其中部分和我透過地圖調查的情報有所重複，但大致如下——

琳格蘭蒂小姐是下任公爵的長女，母親是從希嘉王家下嫁而來的現任國王之女。換句話說，她既是公爵的孫女也是國王的孫女。

儘管沒有王位繼承權，良好的血統卻是如假包換的。

另外，她年僅十歲便進入王立學院就讀並在兩年之後畢業，是一位將風和焰魔法修練至上級的才女。

畢業後仍以研究員身分設籍學院，直到十五歲的三年間，讓失傳的爆裂魔法和破壞魔法兩種魔法復活，堪稱是位天才魔法使。

而在進行研究的同時，她又在迷宮都市賽利維拉磨練自己的魔術技巧。

「然後憑藉在迷宮都市消滅『樓層之主』的功績，而被授予了名譽女男爵的爵位。」

「是她單獨消滅的嗎？」

「琳格蘭蒂大人再怎麼厲害，一個人終究是辦不到的哦。」

據領隊小姐所言，似乎是藉助了王都的聖騎士隊之力。

由於太過於優秀，所以當她十八歲決定離開希嘉王國前往跟隨沙珈帝國的勇者時好像引發了不小的騷動。但這方面我並不感興趣，僅是一邊附和著聽過就算。

另外，她這次似乎是睽違四年之久的歸鄉。

伴隨鏘鏘作響的鎧甲聲，琳格蘭蒂小姐往這個方向走來。伊帕薩勳爵也在一起。

繼續坐著也不太妥當，我於是站起來迎接對方。

在女僕們的催促下，卡麗娜小姐動作僵硬地從沙發上起身。

「初次見面，我是勇者隼人．正木的隨從，名叫琳格蘭蒂．歐尤果克。」

她向卡麗娜小姐自我介紹，然後行了一個騎士禮。

「粗……初次見面……」

太過緊張而在自我介紹時發音錯誤的卡麗娜小姐紅透了臉愣在原地，我於是來到她的身邊出言幫腔：

「抱歉打個岔，這位是我家主人穆諾男爵的次女卡麗娜．穆諾小姐。由於能見到琳格蘭蒂大人而感動得失了禮數，我在此代替卡麗娜小姐向您致歉。」

「唉呀，說什麼感動——那位穆諾男爵就是雷奧叔叔對吧？既然如此，我們就是遠房堂姊妹的關係了。我會立志成為勇者的隨從也是多虧了雷奧叔叔在研究員時代所撰寫的書籍，所以要是能更放鬆一點的話，我會很高興的。」

琳格蘭蒂小姐態度爽朗地向卡麗娜小姐這麼微笑道。

卡麗娜小姐就像個目睹偶像對自己微笑的粉絲那樣紅著臉幾乎就要暈倒。

將這一切盡收眼底的琳格蘭蒂小姐把目光轉到我身上開口道：

「對了，方便請教你的名字嗎？」

「是的，我是穆諾男爵的家臣，佐藤．潘德拉剛名譽士爵。」

這個回答讓琳格蘭蒂小姐瞪圓雙眼。

「雷奧叔叔的家臣？你不曉得穆諾男爵領的傳聞嗎？」

「不，當然知道了。而且一直折磨著穆諾男爵領的詛咒也已經解除了。」

至於解咒者為「銀面具勇者」一事則是暫且不提。

畢竟她是勇者隼人的隨從，所以一旦冒出「新勇者登場」的話題大概就要費一番工夫解釋了。

「那真是太好了。究竟是哪一位解咒的——」

琳格蘭蒂小姐發問的途中，我將目光投向看似想說些什麼的領隊小姐：

脈。

「怎麼了嗎？」

「那個，我們就快抵達幻螢窟了——」

領隊小姐所告知的幻螢窟是條全長三公里的人工隧道，貫穿了聳立在大河之上的葡萄山脈。

幻螢窟僅有能夠容納一艘船通過的寬度，大河的主流則是大幅度繞過葡萄山脈，在幻螢窟的另一端再度與支流匯合。

這裡是希嘉王國數一數二的著名觀光景點，似乎有許多貴族會在蜜月旅行時前來造訪。

之後才聽說，琳格蘭蒂小姐會來到這艘船上好像是因為要藉由幻螢窟來通過險峻的葡萄山脈。

「唉……唉呀，真是抱歉。似乎有些人是第一次來參觀，要是打擾的話就太不解風情了。可以幫我也準備一個位子嗎？」

琳格蘭蒂小姐這麼說完後，可以見到卡麗娜小姐瞥了一眼自己剛才坐下的三人座沙發。

既然卡麗娜小姐有可能藉此交到朋友，我就偶爾雞婆一下好了。

「琳格蘭蒂大人，卡麗娜小姐旁邊的座位還空著，不嫌棄的話請坐。」

「真的可以嗎？」

「是……是的。請……請坐。」

身體僵硬的卡麗娜小姐在我的催促下出言邀請，琳格蘭蒂小姐於是不怎麼介意地坐在了沙發上。

莞爾地觀察這一切的伊帕薩動爵繼續做出更雞婆的舉動：

「琳，妳可以擠過去一點嗎？我也坐下來一起欣賞幻螢窟好了。」

「好……好的。沒有問題哦。」

琳格蘭蒂小姐移動到與卡麗娜小姐幾乎要摩肩擦踵的位置，讓卡麗娜小姐的臉紅得就快沸騰一般。

儘管個性直爽的琳格蘭蒂小姐主動交談，卡麗娜小姐卻只是心不在焉地回答「是」和「您說得是」。

所幸琳格蘭蒂小姐並沒有對此感到不愉快。

看來在抵達公都之後，最好幫卡麗娜小姐提昇一下對人技能吧。

「那麼，各位請閉上眼睛耐心等待。在我說好之前請先不要睜開眼睛。」

領隊小姐用平靜的聲音向沙發上的我們這麼告知。

其語調總覺得就像主題樂園裡的資深工作人員那樣。

之所以要閉上眼睛，似乎是為了讓大家適應黑暗以便看清幻螢窟的光景。

「從現在開始，蝙蝠人族的梅露將代替船長來執掌本船的船舵。」

在領隊小姐的介紹下，蝙蝠人大姊行了一禮。

她是之前一直負責夜間警備的人員。原以為她是護衛士兵，看來似乎還要掌舵的樣子。

恐怕是為了在接下來的隧道裡摸黑前進，所以才會交給能夠根據回聲定位來判斷地形的蝙蝠人族吧。

「進入幻螢窟之後聲音會反射，所以請各位不要大聲說話。」

領隊小姐講述完注意事項後，小玉和波奇兩人便用雙手摀住自己的嘴巴。

連鼻子也一起堵住的結果使得兩人呼吸困難，於是我將她們的手挪一挪。

自隧道前方碼頭駛出的小船在前頭領著我們的船並進入隧道。

小船先行一步，似乎正在利用閃動的燈號與隧道另一端溝通。

過了好一會，燈號自隧道深處傳了回來。

小船離開隧道，讓我們停下來等待的船收起船帆緩緩進入。由於隧道的寬度只能容納一艘大型船通行，所以剛才好像是在進行交通管制。

前方吹來溫暖的風。倘若這是童話故事，感覺隧道就彷彿會一路通往巨大生物的肚子裡。

當然，這種事並未發生。船順利地進入隧道，入口處進來的光線逐漸變弱。

另外，像這樣子微微睜開眼睛多方觀察的人只有我一個，其他人都乖乖按照領隊小姐的指示閉著眼睛。

我擁有光量調整技能所以立刻就適應了暗處。這真是方便的技能。

——哦哦！

在眼睛適應的同時，絕景映入了眼簾。

理應未察覺我內心驚訝的領隊小姐這時也告知大家：

「好了，各位，請慢慢睜開眼睛！這就是那個著名的『歐克的幻螢窟』了！」

儘管已經搶先一步目睹，但實在是很壯觀的光景。

洞窟頂端至側面的牆壁上，顏色繽紛的光苔散發出淡淡的光，勾勒出不可思議的色彩層次。

不僅如此，暴露於各處看似水晶的物體還反射著這些光源，使得景色不至於單調乏味。

就彷彿一幅將星空封入其中的繪畫——

僅僅如此就已經十分美麗，更有許多螢火蟲般的光點輕盈且緩慢地不規則飛舞著。

原以為自己早就看慣了霓彩燈飾，但這又是獨樹一格。

「亮晶晶～？輕飄飄～？」

「好漂亮喲！主人！非常漂亮喲！」

分坐左右兩旁的小玉和波奇太過興奮，抓著我的肩膀左右搖晃著。搞得我頭都昏了。

「好美。」

「真是……漂亮。」

坐在蓬鬆墊子上的亞里沙和露露猶如失了魂一樣，對這種幻想般的光景看得十分出神。或許是下意識的行為，這兩人都就近抓住了我的腿部，實在有點痛。

「很漂亮哦。沒錯，非常漂亮。真的哦？」

凝視著光的亂舞，蜜雅忘我地這麼喃喃自語。她今天顯得格外多話。

「砰」地一聲傳來，回頭望去只見莉薩的長槍掉落在沙發的椅背上。

莉薩聽見聲響後才回過神，撿起長槍。眾人的目光在這一刻聚集而來，但隨即又散去。

莉薩行了一禮為自己的失態致歉，然後恢復成站立不動的姿勢，但整個人顯然是覺得很難為情。

威風凜凜的莉薩自然很不錯，但那害羞的模樣也相當可愛。

「主人，詞彙不足。安裝語言包Ⅱ——這麼申請了。」

語言包Ⅱ是什麼東西？

「不用在意什麼詞彙的。只要一句『漂亮』就很夠了。」

「是的，主人。很漂亮。」

娜娜呼出讚嘆的氣息，繼續眺望著光的亂舞。

察覺卡麗娜小姐從剛才就很安靜，我於是轉頭望向對方，只見她失魂般茫然張開嘴巴入迷地望著絕景。

不久，船駛出了幻螢窟。儘管全程長達三公里，卻有種意猶未盡的感覺。

下次帶潔娜一起過來欣賞似乎也不錯呢。

◆

「公主加油——————！」

「隊長，乘現在！」

船離開幻螢窟之後琳格蘭蒂小姐原本想要立刻飛上天空，但在騎士們的要求之下決定進行一對一的指導。

琳格蘭蒂小姐與接連擊敗騎士們，然後逐一告知對手的缺點和改善方法。

而目前來到最後的組合，與伊帕薩勳爵對戰當中。

等級五十五的琳格蘭蒂小姐和等級三十三的伊帕薩勳爵差距相當明顯，但由於是比試的緣故所以戰鬥充滿了緊迫感。

話說回來，琳格蘭蒂小姐的華麗劍技讓人看了心中不禁雀躍起來。

另一方面，伊帕薩勳爵的劍技很不起眼卻穩扎穩打而沒有多餘的動作，一旦專心防守就展現出驚人的力量。真想讓小玉和波奇也學習一下像他那種劍技。

只是看著的話也太浪費，不如嘗試練習一下他的動作好了。

我退到人牆後方，赤手空拳假裝持劍的樣子模仿著伊帕薩勳爵的動作。

——嗯。

可以清楚了解用看的所無法體會的視線和重心轉移的用意何在。

我想像自己是伊帕薩勳爵，以琳格蘭蒂小姐作為假想敵揮動著想像中的劍與其戰鬥。

>獲得技能「模仿：武術」。

獲得了出奇便利的技能後，我立刻將其開啟。

感覺比剛才更能準確地複製伊帕薩勳爵的劍技了。

雖然還想再繼續模仿一下，但兩人的戰鬥已經結束，使我不得不中斷練習。

實在有點遺憾。

就在這麼心想之際，人群散開，出現了琳格蘭蒂小姐的身影。

不知為何，她在走來的同時對我投以自信的笑容。

請不要露出那種彷彿發現獵物的貓科肉食性動物的表情好嗎？

「你剛才做的事情挺有趣的嘛。接下來我想要和你交手。」

「他是穆諾市防衛戰的英雄，高超的身手甚至還在古魯里安市打倒了下級魔族而毫髮無傷。琳，妳要是掉以輕心的話或許會很危險哦。」

跟在琳格蘭蒂小姐後方的伊帕薩動爵透露出不必要的情報以挑動現場氣氛。

「哦，看來好像很有挑戰性呢。」

儘管有股衝動想要逃離用舌頭舔著嘴唇的琳格蘭蒂小姐，不過這畢竟是偷學對方劍技的難得機會，所以我打算在不被發現的情況下進行模仿。

「主人，妖精劍。」

「謝謝妳，露露。」

從看似憂心的露露那裡接過了劍，我小聲說了一句「不用擔心哦」然後將手輕輕放在她的頭頂以讓她安心。

在眾人的加油聲下，我一邊將魔力注入妖精劍。與其說是強化威力，主要的目的是為了保護妖精劍。

由於一不小心就會產生魔刃，所以我留意著注入的魔力量。

「[redacted]　[redacted]　[redacted]光防禦。」

伊帕薩勳爵詠唱完畢後，我和琳格蘭蒂小姐的身體頓時被白光籠罩。

看來他似乎對我們施加了避免受傷的防禦魔法。

我向伊帕薩勳爵出聲道謝並點了點頭。

——察覺危機。

順從技能的指示，我拋出自己的身體以脫離險境。

「哦～乍看漫不經心卻一直在保持高度的警覺呢。既然如此，不妨學習一下如何用來引誘對手並藉此發動反擊吧。」

從突刺的姿勢收回手臂，琳格蘭蒂小姐一邊給予建議。

我對此僅僅回以微笑，同時仔細觀察對方的視線和腳步，逐步偷取她的戰鬥方式。

之前與魔王交手時被斥責「攻擊未夾雜虛實」的理由終於可以理解了。

利用視線和腳步的假動作誘騙對手攻擊，再看準其破綻發動攻擊，這種戰鬥方式似乎非常有效。

由於機會難得，為了能在假動作生效或失敗等各種情況下網羅對方的戰鬥模式，我採取了各式各樣的動作，不斷發展出新的戰鬥方式。

她的魔劍和我的妖精劍每一次接觸都會迸出紅色火花。

火花的光輝對於動作的捕捉造成妨礙，再加上雷達和紀錄視窗遮蔽視線的緣故，使我無論如何都會分心。

就在我關閉主選單顯示之前，察覺這個破綻的琳格蘭蒂小姐從死角發動了突刺。

儘管還不至於無法防禦，但這樣一來可能會破壞掉對方的劍。我於是自我克制，就這樣等待擔任裁判的伊帕薩勳爵宣布結果。

「勝者，琳格蘭蒂！」

周遭湧現了呼喊「琳格蘭蒂」的口號。

「你實在很不簡單呢。」

收劍入鞘的琳格蘭蒂小姐一邊往這裡走來。

她的額頭略微浮現汗水，些許紊亂的呼吸增添了嫵媚。

她的妹妹賽拉將來大概也會成為像她那樣充滿魅力的美女吧。

「我還有很多要學習的地方。謝謝您的指導。」

握住琳格蘭蒂小姐伸來的手，我這麼向她道謝。

這時候，她猛然將手拉過縮短雙方的距離，然後小聲嘀咕道：

「黑頭髮黑眼睛還有那副臉孔——你和隼人一樣是日本人對吧。」

莫非平時看慣了日本人之後就能一眼看出嗎？

「是的，沒有錯——」

我坦誠肯定對方的推斷，接著繼續道：

「我的祖先是日本人。由於佐藤這個名字是代代傳承下來的，所以據傳第一代的祖先是位勇者。話雖如此，沙珈帝國的勇者目錄裡並未記載佐藤之名，因此大概沒有什麼可信度……」

這是當我得知琳格蘭蒂小姐是勇者隼人的隨從之後所想出來的佐藤來歷說詞。

我話中的每一點都並非謊言。我的祖先是日本人，佐藤這個角色名是在各種遊戲當中傳承下來的。

當然，沙珈帝國的勇者目錄裡也不存在佐藤這個名字。

「我同伴當中的黑髮女孩，她的曾祖父據說從前也是沙珈帝國的勇者。」

我向憂心忡忡望著這邊的露露揮了揮手，然後這麼告知琳格蘭蒂小姐。

「——還以為是召喚者，看來好像猜錯了。」

輕聲自語的琳格蘭蒂小姐看似理解般點點頭。

「唉呀？耳族的小孩子還有精靈——簡直就像是勇者的隊伍呢。」

琳格蘭蒂小姐在觀察完我的同伴後這麼嘀咕著，面露愉快的微笑。

賽拉和姊姊之間似乎存在一些距離，不過我覺得她是個相當直爽的好女孩。

儘管很希望這兩人能和睦相處，但輕率的雞婆舉動反而會讓情況惡化，所以還是自我約束一下好了。

就這樣，結束與我之間的比試，琳格蘭蒂小姐在午餐時間吃了我親手製作的炸蝦並讚不絕口後，便颯爽地跨上飛翔木馬往公都飛去了。

公爵城堡的晚餐會

「我是佐藤。美味的晚餐最好是跟合得來的朋友聚在一起享用呢。倘若可以，我真希望加入只吃東西的一方而不是負責做菜。」

「主人，確認有橋型的魔物。建議進行迎擊準備。」

「危險～？」

「危險就是危險喲！」

娜娜目睹前方的光景後出聲警告，受此影響的小玉和波奇著急得雙手上下舞動。

「妳們三個不用慌張哦。那是一種叫『上開橋』的結構。」

架設在大河上的寬大橋面中央部分約有四十公尺向上抬起，避免被大型船的船帆撞上。

由於河面寬達一公里以上，所以這種尺寸乍看並不算什麼，但實際規模就相當於倫敦塔橋。異世界的建築物也實在不容小看。

繼續眺望後，ＡＲ顯示告訴我上開橋的可動部分是屬於魔巨人的一種。

或許是被我們的反應激發了導遊精神，領隊小姐開始進行解說：

「那座橋相傳是一千年前由眾神所創造的——」

據說橋墩也兼具驅除魔物的結界柱作用，防止水棲魔物靠近公都的近郊。

在河下游那一側，取而代之的，可以看到立了十多根極粗的結界柱。

在豎耳傾聽領隊小姐的解說期間，我們搭乘的船直接通過停泊無數船隻的港口，循著公都沿岸的支流進入貴族專用港。

大概是武術大會的緣故，整個都市給人一種因大肆慶祝的熱鬧氣氛而失去了冷靜的印象。

我利用卸下行李的時間確認公都的最新情報。

或許是因為武術大會在此舉辦，高等級的人很多。最高似乎就是琳格蘭蒂小姐的五十五級了。

並未發現像亞里沙那樣的轉生者、有勇者稱號的人，魔族及附身狀態的人。

魔王信奉集團「自由之翼」在公都內有三十名左右的倖存者。平民區九人，波比諾伯爵這位貴族的宅邸地下潛伏十五人，公爵城的地牢似乎還關著四人。

至於剩下的兩人存在於公爵城內，是身分相當於賽拉叔父的現任公爵三男以及其親信。

另外，波比諾伯爵本人並非「自由之翼」的成員，前任伯爵則是成員的召集人。

倘若對方再召喚出新魔王就很傷腦筋，所以還是以勇者的名義向公爵檢舉那些人的潛伏地點和姓名好了。

儘管魔王復活時「自由之翼」的成員大部分都已經死亡，所以短時間內應該無力再執行瘋狂的計畫才對。

「佐藤先生！我大哥派來的馬車已經抵達，這就先失陪了。」

雙腳落地後頓時精神百倍的多爾瑪用隨意的口吻這麼說道。

位於他身後的馬車竟然沒有馬匹。形狀是馬車，但似乎是一種叫魔巨人車的魔法道具。

仔細觀察車輪處，那裡還長出了用來轉動車輪的手臂。

真是很有奇幻風格的馬車。

「如果還沒決定好公都的旅館，要不要來住我家呢？目前正在舉辦武術大會，所以大概也沒有什麼像樣的旅館了。」

「感謝您的好意。逗留在公都的期間我們預計借住在沃爾果克伯爵邸，所以沒有問題。」

我所說的沃爾果克伯爵就是古魯里安太守。

由於消滅了襲擊古魯里安市的下級魔族，我們靠著這層關係得以讓太守提供自己老家的伯爵邸外圍建築作為住宿設施。

向乘坐馬車離去的多爾瑪一家揮手道別後，我們也分乘馬車和馬匹前往沃爾果克伯爵邸。

有領隊小姐乘坐的馬車在前方帶路，應該不至於會迷路。

「這輛馬車坐起來真舒適呢。」

「是的，可以在行駛中的馬車裡毫無顧慮地交談，真是太厲害了。」

坐在後座的卡麗娜小姐與其護衛女僕碧娜驚嘆連連。

「是啊～這個可是滿載著主人的愛心哦！」

「嗯，愛心。」

分坐我左右兩邊的亞里沙和蜜雅轉過頭開始炫耀馬車。

與其說愛心，應該說滿載著技術結晶才對，不過還是不要多嘴吧。

除了駕駛馬車的露露以外，其他孩子都騎乘伴隨在馬車前後。

用連帽斗篷隱藏耳朵及尾巴的小玉和波奇騎著走龍，鎧甲打扮的莉薩和娜娜騎馬。剩下的一匹馬由卡麗娜小姐的護衛女僕艾莉娜坐在上面。

離開幻螢窟之後氣溫上升至春季的常溫，穿著連帽斗篷似乎會很熱。

穿過位於港口附近的大壁門後，立刻就進入了公都的貴族區。

進門的時候馬車被人擋下來，但是有前頭的領隊小姐負責應對，所以我只是出示一下貴族身分證的銀牌而已。

貴族區的街上鋪設了石板，旁邊是成排的混凝土質感建築物。

根據在穆諾城的宴會上聽來的知識，這似乎是用一種名叫建築魔法的土魔法建造而成的。在公都這裡，一位名叫何恩伯爵的貴族似乎很擅長這種建築魔法。

快步走在路肩的女僕們就和在穆諾城中見到的一樣，許多都是身穿普通連衣裙的女孩。

——得將女僕裝也推廣到公都這裡才行。

就在胸懷這番野望之際，馬車已經進入了寧靜的上級貴族豪宅所在的區域。

我事先透過地圖確認完畢，公爵城附近都林立著侯爵邸和伯爵邸之類的上級貴族豪宅。

無論哪間豪宅都大到可以裝下東京巨蛋，或許用宮殿二字來形容更為貼切吧。

很快就厭倦街景的亞里沙向卡麗娜小姐拋出話題：

「卡麗娜小姐也會住在沃爾果克伯爵邸嗎？」

「是……是的。原本打算住在俄里翁寄宿的地方，不過聽說那裡還住著一些俄里翁以外的青年貴族——」

原來如此，對於怕生且不擅與男性相處的卡麗娜小姐來說難度未免太高了點。

原本打算在送卡麗娜小姐一程的同時順便向俄里翁打個招呼，看樣子要延後幾天了。

俄里翁是比卡麗娜小姐小五歲，十四歲的穆諾男爵家長子，目前正在公都的學校留學當中。

據穆諾男爵領的妮娜執政官所言，他當初未選擇王都的王立學院留學，好像是因為「被詛咒的領地」在外名聲不佳的緣故，使得王都的名門貴族們對他留學一事面有難色。

不久，馬車在公爵城附近降低了速度。

抵達宛如宮殿般氣派的沃爾果克伯爵邸，我們先拜訪太守的父母沃爾果克前伯爵夫妻，寒暄一番然後就被帶往伯爵邸的外圍建築。

我們和表示要前往公爵城遞交報告書的領隊小姐在此分開，同時拜託她將請求會面的書信轉交給公爵。

外圍處有一棟三層樓的大房子，同時附設有傭人宿舍和馬廄。比起之前和獸娘們過夜的聖留伯爵城迎賓館要氣派多了。

馬車停在入口前方，那裡已經有二十名左右的傭人在場待命。

「我們已經久候多時了。我負責管理此處的別館，名叫賽巴夫。」

瘦削的白髮老管家這麼恭敬行禮後，其後方的傭人們也很有紀律地跟著行禮。

可以理解亞里沙為何會在我背後喃喃唸著「好可惜」。要是叫賽巴斯欽的話就更加完美了。

「我是佐藤．潘德拉剛名譽士爵。本次要受您照顧了，賽巴夫先生。」

「請您直接稱呼我為賽巴夫就好。」

我向面容和藹的賽巴夫先生點頭回應，接著也一併介紹了卡麗娜小姐。

在賽巴夫先生的帶領下來到客廳休息過後，我便請對方開始介紹屋內。

「這邊就是佐藤大人的房間。」

賽巴夫先生領頭帶著我們進入的房間內隔出了幾個小房間，分別是寢室、書房和衣物間。寢室中央擺放一張特大號的床鋪，面積足夠讓所有人一起睡在上面。

雖然好像也有準備其他人的單人房，但那些孩子大多很怕寂寞，所以除了分配給我專用的房間和客廳之外大概都不會用到了吧。

另外，卡麗娜小姐等人的房間則是在其他樓層，所以完全沒有機會發生睡迷糊後同床共枕的幸運色狼事件。

在老管家介紹完畢後，我便按大家的要求允許她們在房子裡探險。

「有小玉～？」

「波奇也在一起喲。」

「好漂亮的鏡子。清晰度和銅鏡很不一樣呢。」

客廳隔壁的衣物間裡傳來這樣的聲音。

敞開的房門後方，可以見到獸娘們就站在衣物間擺放的玻璃鏡前朝著鏡中的自己揮手玩耍。

我躺在床上整理著公都的行程時，前去廚房參觀的亞里沙和露露恰好回來。

「我們回來了～」

「主人！這裡的廚房好棒！」

紅著臉頰的露露神態興奮地講述廚房內的調理用魔法道具。

由於已經獲得賽巴夫先生同意可以使用廚房，所以只要事先告知的話我們就能夠自行準備三餐了。

餐點本身好像是在主宅的廚房製作，這間房子的廚房則是用來準備茶飲和輕食。

「還有烤箱和冰箱哦！」

「對了對了！冰箱裡有牛奶和水果，就烤一下蛋糕吧！」

「說得也是，要是海綿蛋糕成功的話，就試著烤烤看水果蛋糕好了。」

我這麼承諾後，亞里沙跳起來高興地叫了一聲：「太好了——！」

從衣物間探出頭來的小玉和波奇，在聽到食物的話題後立刻衝進了房間。

「蛋糕～？」

「是喲！」

兩人也跟亞里沙一同蹦蹦跳跳起舞以表現內心的喜悅。

她們真心歡喜的模樣讓我充滿了大展手藝的動力。

「信。」

「主人，從老成體的手中保管了兩封訊息——這麼報告道。」

前往房子周圍探險的蜜雅和娜娜這時回來了。

接過信一看，寄信人是沃爾果克前伯爵和歐尤果克公爵。

前伯爵是捎來今天晚餐的邀請函，而公爵則是同意了我透過領隊小姐轉達的會面請求。會面時間好像就訂在明天。

兩者發函的對象都是只有我和卡麗娜小姐兩人，所以我吩咐其他孩子們在房子裡休息。

當天的晚餐規模雖小，擺放的餐盤裡卻是極盡奢侈的山珍海味，讓我的舌頭充分獲得享受。其中有好幾道料理都能夠在事後重現，所以我打算逗留公都的期間製作給大家享用。

◆

隔日的白天，我和卡麗娜小姐一起造訪歐尤果克城的謁見室。

坐在我們面前的歐尤果克公爵是位頭髮全白體格壯碩的老人。頭髮茂盛，鬍子卻更是濃密。

雖然很想評論對方是位和藹的老爺爺，但那過於銳利的目光否定了這一點。

「雷奧之女啊，歡迎妳的到來。我聽伊帕薩說了，你們在穆諾市防衛戰裡身先士卒，就連在古魯里安市面對魔族時似乎也英勇地奮戰啊。」

公爵口中的雷奧就是穆諾男爵。說到這個，公爵和穆諾男爵好像是親戚吧。

這個場面原本是卡麗娜小姐必須回答，但她的溝通障礙卻更為惡化，整個人只是兩眼不停在打轉。

可以的話實在很想從旁協助，不過身為下級貴族的我被視為卡麗娜小姐的附屬，未經公爵允許開口說話就等於失了禮數。

取而代之的則是卡麗娜小姐胸前散發藍光的拉卡回答：

『我代替主人拜領您的慰勞之言。』

「哦，懂得人話的魔法道具嗎？簡直就像是王祖大人傳說當中的無敵甲冑啊。」

「您說得是。」

公爵向站在身旁的高瘦執政官這麼說道。

執政官頂著蛇一般的目光打量著我們，但並不具備公爵那樣的威嚇感所以我對此不以為意。

「祖父大人！」

這時，在大河船上認識的琳格蘭蒂小姐踩響熟悉的腳步聲進入房間。

「是琳嗎……我正在處理公務，妳先出去吧。」

「我聽說卡麗娜小姐和佐藤已經過來，所以才會趕在祖父大人欺負他們之前過來幫忙哦。」

無視於公爵的勸告，琳格蘭蒂小姐環視著排排站在謁見室裡完全武裝之後的騎士們。

「真是的！這種氣氛根本就不像在歡迎拯救了古魯里安市的英雄嘛。而且對於想威嚇的對象一點用也沒有。」

琳格蘭蒂小姐注視著我，一邊向公爵這麼告知。

——什麼啊，原來是在威嚇。

身穿亮晶晶全身甲冑的騎士們像儀仗兵那樣完全武裝列隊於此，讓我還以為自己受到熱烈的歡迎。

行走在緊湊排列的騎士陣容中實在是一種令人心跳加速的體驗。

不僅不會覺得不滿，我甚至還想要感謝對方。

「真是拗不過妳。」

公爵舉起一隻手指示一旁的武官後，待在房間裡的騎士們便陸續退出。

除了我們，留在謁見室的僅有執政官、看來地位頗高的五十級武官，以及包括伊帕薩勳爵在內的數名近衛騎士而已。

當然，女僕之類的傭人並未算入其中。

「好，這樣可以了吧？」

公爵向琳格蘭蒂這麼告知，然後對執政官打了一個信號。

從傭人手裡接過盒子狀托盤的執政官走到我們的面前：

「勇於從魔族手中拯救了古魯里安市的卡麗娜·穆諾男爵千金，以及佐藤·潘德拉剛士爵。為表揚兩位的功績與勇氣，歐尤果克公爵在此授予『歐尤果克公爵領蒼焰勳章』。」

托盤上放有兩枚看似沉重的勳章和裝滿金幣的天鵝絨小袋子。

作為附帶獎賞的金幣目測大約有一百枚，讓不常見到金幣的卡麗娜小姐高興得兩眼閃閃發亮。

我的順風耳技能這時捕捉到站在武官身旁的伊帕薩勳爵表情感嘆地喃喃道：「那就是蒼焰勳章嗎……」

從他的反應看來，這個勳章似乎是具有非常高價值的稀有物品。

「不用客氣儘管收下吧。你們的功勞值得這樣的獎勵。」

見到卡麗娜小姐呆呆看著金幣而未收下勳章，公爵似乎產生了誤會。

「你們可能還不知道，襲擊古魯里安市的那種下級魔族同樣也襲擊了領內的各個都市。」

中途靠港的祖魯特市感覺上並沒有發現任何遭到魔族襲擊的跡象，但這或許是因為逗留期間較短再加上夜晚的緣故而沒有察覺吧。

接過公爵的話，執政官繼續告知我們詳情：

「損害較少的僅有古魯里安和蘇特安德爾兩個都市。另外，所造成的損失可能要花上好幾年才能恢復。」

若像是在聖留市地下交手過的上級魔族還另當別論，區區下級魔族的話，各個都市應該會有好幾人具備足以打倒對方的等級才對……

不，或許在能打贏魔族的人才前往迎擊前，就造成損害了也說不定。

有點可以理解古魯里安市的太守為何會禮遇像我這樣的下級貴族。

想到其他都市也出現了「短角魔族」，我靈機一動展開搜索後在公爵辦公室的祕密金庫裡發現了三根「使用過的短角」。

由於這種「短角」是能夠將人類變成魔族的物品，我為了避免引發獵殺魔女式的集體恐，慌於是對古魯里安市太守保密，但現在看來似乎沒什麼意義。

消滅的魔族數量和「使用過的短角」數量不一致，所以這好像並非一定會掉落的物品。

至於在古魯里安市獲得的「使用過的短角」就算現在拿出來交給公爵也只是自找麻煩，

姑且就這樣裝作不知情吧。

將心中這份消極的決心放在一邊，我繼續和公爵及執政官交談。

收下勳章和獎勵後，話題轉移至穆諾男爵託我轉交的書信一事。

「名義上是雷奧，寫這封信的人其實是妮娜對吧。真是的，還是一樣善於把空頭支票開得這麼吸引人啊。」

歐尤果克公爵直呼妮娜女士的名字這一點讓我有些驚訝。

說到這個，好像就是她推薦妮娜女士成為穆諾男爵領的執政官吧。

話說回來，妮娜女士究竟對公爵提出什麼要求？

「要求重建的貸款和男爵領缺乏的物資還好說，至於出借文官、武官甚至是技術人員這點就辦不到了。」

似乎是相當強人所難的要求。

由於是妮娜女士，所以真正需要的大概只有物資，至於後半段的人才部分想必是抱著僥倖心態提出來的吧。

從公爵的表情看來，他好像也很清楚這方面的問題。

忽然間，公爵換上稚氣的表情開口：

「潘德拉剛勳爵，倘若你願意成為我的家臣，這些要求我全都可以答應哦？要是你希望的話，我甚至會替你向陛下申請名譽準男爵的地位。」

拿我一個人來做交易嗎？倘若是普通的為政者我大概會立刻就答應。

就在思考著如何回應對方的玩笑話時，有人對公爵的話反應過度。

「不……不行啊！佐……佐藤是父親大人的家臣，就……就算是公爵大人……也……也一樣不行！」

站起來的卡麗娜小姐像個孩子般攤開手擋住公爵對我投來的視線。

原本就快屈服於那魔乳的魅力，如今被這麼拚命保護後讓我差點要迷上她了。

嗯，從後方仰望的腰部曲線也很迷人。

「嗯，不行嗎？」

「不……不行！」

公爵好笑地這麼重複道，卡麗娜小姐則是拚命抗拒著。

看來他被卡麗娜小姐的焦急模樣弄得沒脾氣了。

「好，我知道了。雷奧之女啊，我不會奪走妳心愛之人，妳就放心吧。」

「心……心愛——」

公爵的挖苦之言讓卡麗娜小姐臉龐沸騰，整個人昏厥，於是我迅速將她接住。

「公爵閣下，卡麗娜小姐相當純情，開玩笑還請適可而止。」

「嗯，果然是雷奧的血親啊。」

公爵呵呵笑道，這時琳格蘭蒂小姐在他耳邊說了悄悄話。

——什麼事？

聽完之後的公爵叫來伊帕薩勳爵並小聲交談。

這裡似乎有防諜的魔法裝置，順風耳技能無法捕捉到他們的對話。

「哦，奇蹟般的料理嗎——」

靠著讀唇術技能，我僅能得知可以看見嘴巴動作的公爵說了什麼。

「潘德拉剛勳爵，今晚我將會邀請市內的上級貴族共享晚餐，希望席上可以端出伊帕薩所喝到的澄清湯和琳也讚不絕口的天婦羅料理。倘若吃得滿意，我就按照妮娜的要求提供援助吧。」

天婦羅還好辦，伊帕薩勳爵評為「奇蹟般料理」的澄清湯就有點費事。

「既然是公爵閣下的要求，我自然不會出言拒絕，但澄清湯需要時間準備，所以無法在本日的晚餐時提供。」

「好吧，那麼今晚就拿天婦羅將就一下好了。三天後我會召集公都的貴族們舉辦晚會。澄清湯就在那時候製作吧。」

「知道了。」

倘若是道地的貴族，或許會因為被人當作廚師而感到憤怒，但對於出身平凡，而是突然當上貴族的我來說，有人不惜搬出這種理由希望享用我的料理，實在是令自己非常自豪的一件事。

◆

我在公爵城的年輕侍女帶領下前往廚房。

昏倒的卡麗娜小姐則拜託城裡的女僕們幫忙照顧。由於事先交代過在她身體無恙後乘坐來時的沃爾果克伯爵家馬車回去，所以應該不會闖進廚房來吧。

走在長長的走廊上，我一邊透過地圖搜尋以確認公爵城的食材。

發現缺少一些素材後，我於是將探索區域擴大至整個公都內再度搜尋並找出販賣的地點。這種技能還是一樣方便極了。

廚房的空間大約是普通教室的三倍大小，充滿高級飯店廚房般的活力。

「我去叫主廚過來，士爵大人請先在這裡等候。」

帶路的侍女穿梭在工作忙碌的廚師之間，來到紅鬍子主廚身邊開始說明。

「妳說公爵大人下令把主菜交給一個貴族小伙子負責！」

「主……主廚！聲音太大了！被聽到的話會處以不敬之罪砍頭的哦！」

廚師所在的方向傳來主廚和二廚的對話。

這該不會要像料理漫畫那樣，做出一道菜來說服主廚吧？

——似乎有點好玩的樣子。

「少囉唆，這裡是我們真心比試的戰場，豈能讓遊手好閒的貴族大人來搗蛋！」

「不……不用擔心！味道經過那位羅伊德家的伊帕薩勳爵保證過了！」

面對咆哮的主廚，侍女用誇張的動作這麼說服。

「——什麼？羅伊德家的公子嗎……」

伊帕薩勳爵的老家羅伊德侯爵家似乎是出名的老饕，使得情緒激動的主廚停止咆哮。

「好吧，我把廚房內側空出來。告訴他可以隨意使用食材，但我不會幫忙的。」

「主廚，最好是派幾位主菜的人員——」

「蠢蛋！萬一貴族大人失敗而沒有其他代替的菜餚，可是會讓公爵大人顏面掃地啊！原先的主菜就繼續製作。那個貴族大人應該會叫自己的家臣幫忙，你就不用操心了。」

主廚和二廚兩人似乎終於談妥，和侍女一起過來的二廚一副很抱歉的樣子告訴我剛才已經透過順風耳技能偷聽到的內容。

主廚好像不善於使用敬語，所以一直都是二廚擔任與貴族交涉的工作。

「是的，我了解了。既然能使用烹飪器具和食材，我會自行準備協助的人才。」

我這麼告知後，二廚露出彷彿卸下心上大石的表情。

中階主管無論在哪個世界似乎都很辛苦。

「我這封信想要送出去，可以拜託妳幫忙嗎？」

「是的，請包在我身上。」

在確保食材前，我請侍女幫忙聯絡正在沃爾果克伯爵邸留守的亞里沙等人。

侍女收下我的信之後打了個暗號，在走廊待命的女僕立刻接過信快步離去。

「讓您久等了。那麼這就帶您前往食材庫。」

在和侍女前往食材庫的途中打聽了一下，原來所謂的侍女是下級貴族千金所擔任的職務，地位比起普通的女僕還要高。

我一直還以為只是稱呼上的不同罷了。

向食材庫前把守的衛兵出示二廚那裡拿來的許可證後，我們便得以進入其中。

「哦，真是壯觀呢。」

並非在恭維，而是真的吃了一驚。

就算在地球的時候，也從未看過如此種類繁多的食材與調味料擺放在眼前。

僅僅醬油一項，就根據口味和產地的不同，存放了好幾十種。

讓侍女準備好試口味的小碟子後，我便開始淺嚐調味料並將每一種的味道差異和特性記錄在主選單的記事本裡。

用來炸天婦羅的油也不僅僅是希嘉王國主要使用的獸脂，更有好幾種植物油。

我們依序查看常溫、冷藏和冷凍三個食材庫。

其中甚至有之前旅程中未見到的四季豆、地瓜和蓮藕。由於好像可以在公都的市場裡獲得，所以逗留公都的期間多確保一些吧。

哦，居然還有豆腐呢。

用這個製作豆腐漢堡排的話，蜜雅應該也能食用了吧？

想著這些事情，我一邊確保所需的素材和調味料。

就在抱著食材準備返回廚房之際，侍女喚來其他人幫忙搬運。

像這種勞動叫要交給下人負責哦——我被她這麼委婉地責備道。

……真是抱歉，我是個半路出家的貴族。

那麼，既然有些食材是初次見到，我在加工的同時也順便確認植物油的種類是否會導致味道不同。

這裡的廚房備有齊全的調理用魔法道具，實在是很方便。

火爐型的魔法道具有些許的魔力堵塞，所以我就像往常那樣清理魔力線路以提昇操作反應及魔力效率。

畢竟借用如此方便的器具，總得幫忙調校一下才行。

「啊嗯啊嗯，這個蓮藕的天婦羅真是太好吃了。」

「這邊的地瓜也很美味……不過還是比較喜歡剛才的南瓜。」

「既然這樣，把白肉魚做成天婦羅的話應該會很美味吧？」

請侍女幫忙品嚐時，只見其他女僕和侍餐員也不時在偷看這邊，於是我在不妨礙工作的範圍內請他們加入品嚐行列。

這裡講究口味的人比想像中還要多，剛好可以作為參考樣本。

令我意外的是茄子天婦羅的評價不佳，反倒是紅蘿蔔片的天婦羅不知為何獲得好評。

茄子天婦羅明明就很好吃……

「主人！我們弄到了哦。」

「佐藤。」

「讓您久等了，主人。」

聽到熱鬧的聲音回頭望去，亞里沙、蜜雅和露露三人就出現在入口處。

「來，這是叫波奇和小玉收集的青紫蘇。」

「紅薑。」

「我們沒有找到名叫『海鰻』的魚類，在問過亞里沙之後就買了星鰻、牙鰻以及甘鰻三種。」

「謝謝妳們的幫忙。」

出言慰勞三人後，我開始確認素材。

紅薑並非我所知道的紅色，而是淡紅色的物體。應該是尚未用紅紫蘇著色的狀態吧。

這個紅薑不是配菜，是要拿來做成天婦羅。

雖然只在關西的天婦羅店看過，但那種獨特的滋味和口感實在令人上癮，所以我希望在異世界裡也推廣一下。

「露露，麻煩妳幫我加工一下食材。」

「是的！」

「亞里沙和蜜雅就負責積蓄魔法道具的魔力。」

「ＯＫ——」

「嗯。」

在我的指示下大家開始行動。

這次選擇的是香菇、南瓜、紅蘿蔔、四季豆、蝦子、青紫蘇、紅薑、蓮藕，還有口味最接近海鰻的牙鰻九種菜色。

雖然很想加入茄子和地瓜，不過試吃的評價不太好於是這次就放棄了。

特製的天婦羅沾醬以古魯里安出產的味醂和王都著名工房釀造的薄鹽醬油為底，另外再加入一匙蘇特安德爾產的高級白砂糖和少許公都產的純希嘉米酒而成。

加入高湯的話，會導致天婦羅沾醬干擾天婦羅的美味，所以這次特意不用。雖然有點淡，不過清爽的口味相當搭調。

我用特製的天婦羅油依序油炸這些菜色。炸油本身是以傑茲伯爵領產的芝麻油為主加入許多種植物油調配出來的。

我將炸得令人食指大動的天婦羅放在用來瀝油的托盤上。

接下來就換蜜雅老師出馬。

「蜜雅，拜託妳了。」

「嗯。■■■　■　■■　■■■　蒸氣循環：天婦羅。」

蜜雅詠唱魔法後，多餘的油脂開始脫離天婦羅的麵衣。

這是我利用大河之旅的閒暇之餘製作的天婦羅專用調理魔法，去除多餘的油脂後除了更加健康，也能提昇表面的酥脆感。

油脂甩得太乾會導致風味流失，為了兼具酥脆感，我當初著實費了一番工夫。

「謝謝妳，蜜雅。這樣一來可以提昇200%的美味了。」

「獎勵。」

獲得稱讚的蜜雅將腦袋湊過來，我於是把手放進兜帽裡撫摸她柔順的頭髮。

由於亞里沙和露露都一臉羨慕的樣子，稍後也一併摸摸她們好了。

「佐——潘德拉剛士爵！我來幫忙了！」

踩響「躂躂」的腳步聲，卡麗娜小姐從廚房的入口處將臉探進來。

卡麗娜小姐緊急煞車後，擺脫慣性的魔乳才慢了一拍恢復定位。還是一樣相當有奇幻風格的動作，實在令人大飽眼福。

「有罪。」

「唔唔唔，可惡的胸部星人。」

我輕拍蜜雅和亞里沙的腦袋以平息她們的憤怒，轉而向卡麗娜小姐開口：

「您身體不要緊了嗎？」

「是的！沒有問題！來吧，為了領民我們就一起通力合作！」

雖然對帶著毅然表情，緊握拳頭的卡麗娜小姐很不好意思，但料理已經完成了。

「為此我不會吝於貢獻任何的努力。無論什麼事情都願意做！」

在這句話的誘惑之下，我的視線不禁要望向她的魔乳，但還是努力忍住。

「很遺憾──」

「既然這樣，就拜託卡麗娜小姐負責唯獨您才能辦到的重要作業。」

察覺亞里沙準備冒出「妳已經沒有用處了」這句話，我急忙摀住她的嘴巴，同時決定指派工作給卡麗娜小姐以免辜負了對方的熱誠。

卡麗娜小姐換上緊張的表情等待我的下文。

「請您試吃這邊的天婦羅，確認一下味道或口感是否有不周到的地方。」

「知道了。這個我最擅長了。」

卡麗娜小姐鬆了一口氣，表情嚴肅地將炸蝦送入口中。

在那誘人的嘴唇另一端，整齊潔白的牙齒一口咬斷炸蝦。

伴隨咀嚼的動作，嚴肅的表情逐漸轉變為柔和的笑容。

「感想如何呢？」

「及格了，佐藤！比起我以前吃過的任何炸蝦都要美味！」

面對我的詢問，卡麗娜小姐笑容滿面地回答。看來她並未發現自己直呼我的名字。

見到卡麗娜小姐的反應後我相信本次必定會成功，這時侍餐員也來到我的身邊。似乎終於要上菜了。

我將經過華麗擺盤的天婦羅交給她們。本來還想附上白蘿蔔泥，但鑑於公都把白蘿蔔視為不吉利之物所以就自我約束了。

那麼，既然已經盡了人事，接下來就聽天由命。我們開始進行善後作業。

過了好一陣子，順風耳技能捕捉到上級貴族們象徵成功的歡呼聲。

能讓他們滿意自然再好不過。

侍餐員回來後在廚房的入口處笑容滿面地大喊：

「士爵大人！非常成功！大家都給予最高的讚美！」

對方這麼自豪般地開心道，讓我覺得自己彷彿成為團隊中的一員，更增添了心中的喜悅感。

我向前來報告的侍餐員道謝，然後針對在廚房大聲喧嘩一事向主廚賠罪。

當然，也同時對此次的功臣亞里沙等人出言慰勞。

「辛苦了。」

「呼～肚子好餓～」

「嗯，空腹。」

「呵呵，畢竟大家都很勤奮呢。」

明明打著試吃的名義吃光了多炸出來的天婦羅，卻好像還沒吃飽的樣子。

我環視廚房，大量堆積的蔬菜碎塊赫然映入我的眼簾。

「這些蔬菜可以分我一些嗎？」

「是的，請用？」

我和準備開始製作廚房伙食的基層廚師進行交涉，分到一些蔬菜。

「要做什麼呢？」

「並不是什麼大不了的東西哦。」

亞里沙很好奇地看著我的手邊這麼問道，但我確實並非要製作什麼了不起的東西於是就隨口應付一下。

我將切絲的洋蔥和紅蘿蔔稍微炒過，然後和切塊的蔬菜一起裹上天婦羅的麵糊再放入油中。

「是炸什錦對吧！」

「答對了。亞里沙，麻煩妳去把白飯裝在飯碗裡。」

「ＯＫ！我一個人拿不完，蜜雅也一起來吧。」

「嗯。」

亞里沙循著香味前去向正在製作廚房伙食的青年索取白飯。

在熱騰騰的白飯上擺放切成四塊的炸什錦，然後將稍微熬煮過的濃稠天婦羅沾醬淋上去，炸什錦蓋飯就大功告成。

「好吃！」

「美味。」

「口感酥脆又熱騰騰的，真是太棒了。」

「太美味了！比起普通的天婦羅，我更喜歡這種炸什錦蓋飯。」

四人開心地開始享用炸什錦蓋飯。其中三人是用筷子，卡麗娜小姐則是拿著湯匙和叉子。

欣賞著這四人的模樣，我一邊準備追加的炸什錦蓋飯。

「來，請用。」

「我也可以吃嗎？」

「是的，畢竟麻煩妳幫了許多忙，這算是一點謝禮。」

原以為貴族出身的侍女會將其視為粗俗的食物，但感覺她似乎也很想吃的樣子，於是就準備了她的份。

接著我再將多準備的兩份炸什錦蓋飯送給主廚和二廚。

由於三天後的晚會還要前來這個廚房叨擾，所以我打算請他們吃宵夜以提昇一下自己的形象。

「感謝兩位今天能夠借我使用廚房。」

「唔，抱歉誤會了你——」

「關於懷疑士爵大人您的實力一事，實在非常抱歉。我們甚至還收到來自公爵閣下的讚美之言。」

打斷不擅使用敬語的主廚發言，二廚語帶恭敬地出言幫腔。

他遞出的托盤上放著一張信紙，裡面寫有對於天婦羅的讚美之言以及邀請我參加晚餐後在沙龍舉辦的暢談會一事。

「話說回來，那邊的料理是？」

「是的，這是一種叫炸什錦蓋飯的廚房伙食。使用的食材並不像提供給上級貴族的那樣高級，不嫌棄的話還請吃吃看。」

「噢，好像很好吃啊！那我就感激地享用啦。」

兩人爽快地收下我所拿來的炸什錦蓋飯，然後吃得津津有味。

對於那些周遭投來羨慕眼神的廚師們很不好意思，麵糊實在不夠製作所有人的份。

◆

「潘德拉剛勳爵，你的天婦羅簡直就是藝術！那酥脆的外皮和肉質飽滿的蝦子實在是絕配啊！」

「不不，羅伊德侯爵。紅薑天婦羅才是最棒的。其美味的程度其他食物根本無法表現出來啊。」

「這話不對哦，何恩伯爵。炸蝦才是究極的美味。與水煮蝦和烤蝦完全是不同層次的那般口感和強烈的滋味——」

口沫橫飛地這麼對我述說著天婦羅美味的，是公爵領當中數一數二的著名老饕羅伊德侯爵與何恩伯爵兩人。

來到沙龍後，我隨即被守候在此的兩位大人物逮住而無法前去向公爵打招呼。

另外，不擅於社交的卡麗娜小姐則是藉口身體不適，已經和亞里沙她們一起回到伯爵邸了。

「羅伊德侯爵和何恩伯爵，天婦羅的美味我也深有同感，不過你們這樣子可是讓潘德拉剛勳爵很為難啊。起碼先讓他前去向公爵閣下問候一聲吧。」

「既然沃爾果克勳爵都這麼說——」

「嗯，沃爾果克勳爵言之有理。潘德拉剛勳爵，我們稍後再來談論天婦羅吧。」

多虧在場最年長的沃爾果克前伯爵這麼幫腔，我總算能夠前去問候公爵了。

沐浴在上級貴族的目光下，我前往公爵的身邊。

這個房間裡的貴族有撐起整個歐尤果克公爵領，子爵層級以上十二家貴族的當家或前當家。總共是一位侯爵三位伯爵八位子爵。

琳格蘭蒂小姐的父親——也就是下任公爵和她的弟弟下下任公爵，兩人似乎因為前往遠方的艾爾艾特侯爵領而不在場。據她所言，近期就會返回公都。

而就連多爾瑪也混在這個場合中，一派輕鬆地對我揮手道：「東西很美味哦，佐藤先生。」他的哥哥西門子爵似乎不在場，所以應該是以代理人身分出席的吧。

話說回來，由於地球上的常識影響，貴族會服務於國王以外的人這一點依然讓我覺得格格不入。

這個世界的貴族爵位就代表著都市核的使用權限等級，所以可以將他們視為除了領主歐尤果克公爵以外，被賦予都市核使用權限的家臣看待。

但能賜予準男爵以上爵位的人僅有國王這一點又讓情況變得無比複雜。

倘若希嘉國語技能的翻譯乾脆將領主改為小王、國王改成大王之類的名稱大概就比較不會讓我混淆不清了吧。

撇開心中這些雜念，我對眼前的歐尤果克公爵下跪並答謝對方的招待。

「潘德拉剛勳爵，你製作的料理真是美味——」

「我就說吧？」

坐在公爵身旁的琳格蘭蒂小姐這麼插嘴說笑。公爵瞥以具有震撼力的一眼讓對方閉嘴，然後繼續道：

「──我也相當期待晚會上的料理。關於派遣人才一事我已經在領內公開招募，倘若沒有人自願就會進行指派。」

「我都還沒有端出晚會的料理，這樣沒關係嗎？」

「無妨。就當作是報答你今晚的料理吧。若是晚會的料理能讓那些貴族讚不絕口，我就允許你們向領內的貴族們募款和邀請投資。」

哦，比想像中還要大手筆呢。

還在納悶區區的天婦羅竟然有此魅力，看來是提昇至最高等級的調理技能所帶來的效果吧。

「祖父大人，這些是針對穆諾男爵的獎勵吧？難道沒有什麼要獎勵佐藤的嗎？」

「嗯，獎勵嗎……你有什麼要求嗎？」

琳格蘭蒂小姐的建議讓調理的報酬似乎還會繼續加碼，但總覺得光憑一樣天婦羅已經收穫了不少東西。

「您已經給予領地許多方便了，我實在不敢再要求更多的獎勵。」

「唉呀？客氣並不是什麼美德哦？你的料理畢竟讓我們度過相當美妙的時光，所以就挺起胸膛收下吧。」

面對我的推辭，琳格蘭蒂小姐的口吻就像老師在責備不成材的學生那樣。

接著，為了讓欲言又止的我放鬆心情，她在微微一笑之後開了個玩笑：

「——我想想。你要不要試著成為勇者隼人的專屬廚師呢？」

這個就饒了我吧。我雖然喜歡美食，不過真要說的話還是更喜歡吃別人已經做好的料理。

必須搶在對方提出什麼古怪建議之前主動要求才行。

「怎麼了？不用客氣儘管說出來吧。還是你想把琳娶進門呢？」

「等一下，祖父大人！我身為勇者隼人的隨從，在消滅魔王之前完全沒有結婚的念頭哦。」

——奇怪？他們還未從特尼奧神殿的巫女長那裡接獲魔王消滅的報告嗎？

今晚就潛入特尼奧神殿，向巫女長詢問一下原委吧。

「我並未抱持如此自不量力的願望。倘若可以，只要允許我購買公爵領內的卷軸和魔法書，就令我喜出望外了。」

「嗯，並非魔法書和卷軸的實物，而是僅要求購買許可，真是無欲無求啊。好吧，我就答應了。」

公爵大方地同意了我的要求，同時喚來在牆邊等候，作管家打扮的老人幫我寫了一張許可證。

原本預計是多爾瑪要把我介紹給西門子爵，但有了公爵的許可之後應該就更容易獲得卷軸吧。

「要是你將來不當雷奧的家臣，就投靠我們家吧。我隨時願意聘用你為廚師。」

「請您等一下，閣下！潘德拉剛勳爵的能力足以擔任我們羅伊德家的首席廚師。既然只是需要一名廚師，還請您務必割愛。」

「竟然想要拉攏穆諾男爵的家臣，羅伊德侯爵您還真沒有度量啊。」

何恩伯爵這麼挖苦想聘雇我擔任廚師的公爵和羅伊德侯爵，但可惜的是他的發言還有後續。

「話說，潘德拉剛勳爵你有家室嗎？」

「不，我還年輕，所以目前並未打算安定下來。」

「既然如此，我有個和你同年齡的孫女進了神殿，要是你願意的話就可以成為我一族的成員——」

「等一下，何恩伯爵！莫……莫非這是要讓名譽士爵當您的孫女婿嗎！」

看來公爵領的貴族當中似乎有不少貪吃的人。

我想對方大概是在開玩笑，不過何恩伯爵的孩子和孫子多達四十人，單單未婚的女性就有七人，所以實在很怕他是認真的。

羅伊德侯爵和何恩伯爵或許交情不錯，兩人為了爭搶我而互相笑罵著。

中途多虧了琳格蘭蒂小姐將我解救出來，使我得以和其他人進行交流。

這些人在公都皆設置了工房並擁有稀有的魔法書，所以我很樂意和他們打好關係。

特別是許多上級魔法的魔法書都私藏在貴族手中，就算有購買許可也無法弄到手。

起碼在我對公都進行地圖搜尋的範圍內，並未在魔法店裡發現上級魔法書。

「佐藤先生，其實我大哥正為了卷軸工房的事情前往迷宮都市出差當中，近期內就會繞道王都回來，卷軸的事可以等到那時候嗎？我想再慢也就一小月左右。」

「好的，我暫時也會逗留在公都所以沒有問題。」

「唉呀──聽你這麼說真是太好了。」

面對一臉歉意的多爾瑪，我笑著這麼欣然同意。

一小月就是十天，這點時間應該沒問題。

倘若預計委託製作的原創魔法卷軸花費太多時間，屆時我一個人再用天驅返回公都取貨就好。

◆

「深夜冒昧打擾了，巫女長大人。」

「唉呀，是無名先生。你還是一樣神出鬼沒呢。」

從公爵城回來後，我扮成勇者無名來到了位於貴族區的特尼奧神殿巫女長房間。

當然，我事先從地圖的記號一覽中確認過巫女長還未就寢。

她的狀態並沒有異常，不過配上這個房間充滿神祕感的氣氛，總覺得對方虛幻得一轉眼就會消失似的。

「今天前來叨擾是為了詢問一些事情。」

「唉呀，什麼事呢？不過，在這之前方便我說句話嗎？」

「——無妨，是什麼？」

儘管是為了不讓別人把勇者無名和佐藤聯想在一起，但我實在是不擅於對巫女長這樣的長者使用傲慢的口吻。

敬語差點就脫口而出。

巫女長從看似搖椅的椅子上整個人緩緩站起。

「我已經接到特尼奧神關於魔王消滅的神諭了。勇者無名，我要代神殿的所有人向你道謝。」

她行了一個巫女之禮，用充滿威嚴的口吻這麼告知。

「謝謝你保護了我最心愛的公都，無名先生。」

接著，巫女長換上淡淡的微笑，恢復成輕快的語氣用自己的話再一次答謝。

「無名先生你救出來的巫女賽拉目前還未能下床，不過其他兩名巫女都已經回歸正常的生活，還請你放心。」

透過地圖確認後，賽拉的狀態目前為「虛弱：輕度」。從今天早上的「虛弱」變成現在的「輕度」，看來是正在痊癒當中吧。

等到賽拉的狀態脫離「虛弱」後，我再以佐藤的身分前去探望好了。

「那真是太好了。現在我可以問問題了嗎？」

「對不起，都是我在說話。請儘管發問吧。」

或許是錯覺，巫女長的臉色很差。

「站著會讓身體太累。先坐在椅子上吧。」

我這麼催促後，巫女長露出虛幻般的笑容坐回椅子上。

「我在公都並未聽到魔王消滅的傳聞，難道還沒有公布嗎？」

「是的……我已經告知過公爵閣下，但他表示要等待其他神殿接獲消滅的神諭後才會對外公開。」

面對一臉困擾地手貼臉頰的巫女長，我再次發問：

「其他神殿還沒有接到消滅的神諭嗎？」

「即使有了神諭技能，有的神殿也必須花上好幾天的時間準備儀式。」

原來不能這麼輕鬆就向神發問嗎？

「因為有這個聖域，所以特尼奧神殿準備儀式時比其他神殿更為簡單。」

「哦？聖域還真是方便呢。」

「呵呵，這都是特尼奧大人的力量。壽命將盡的我能夠像這樣子活動也是多虧了這個聖域。在外面要是沒有人照顧，我甚至連爬起來都辦不到。」

原來如此，賽拉他們在穆諾男爵領提到的「無法離開聖域」指的就是這個吧。

該問的事情已經問清楚，也掌握了無法對外公開的原委，差不多該告辭了。

「──事情我都明白了。」

「唉呀？要回去了嗎？我還想和你多聊一會呢。」

見到我從長椅上站起來，巫女長依依不捨地這麼挽留。

今天剩下的工作只有前往公爵那裡檢舉「自由之翼」的潛伏場所，所以稍微逗留一下應該也沒有問題。

讓賽拉復活的「復活的祕寶」應該已經耗盡魔力，乘著對話的期間再度填充一番好了。

我從儲倉取出茶和茶點，和巫女長閒聊以及傾聽神話故事度過時間。

待ＡＲ顯示的巫女長狀態為「疲勞：輕度」後，我主動提出要告辭。

「看來我似乎待得太久了。」

我將魔力填充完畢的「復活的祕寶」還給巫女長，然後把當作電池使用的聖劍收進「寶物庫」裡。

「謝謝你，無名先生。但願將來不會再有需要這個的一天。」

「我有同感。」

向慎重收下祕寶的巫女長表示同意後，我便離開了特尼奧神殿。

◆

乘著黑夜，我藉助天驅和隱密系技能入侵公爵的寢室。

入侵寢室的時候我察覺到些許的異樣感。

注視那個方向後，只見ＡＲ顯示出了「歐尤果克城的結界壁」字樣。

是都市核創造的結界嗎？

「竟能越過城內的結界入侵這裡……你是何人？」

或許是從都市核那裡接獲警報，剛才還是「睡眠」狀態的公爵已經醒來。

我向撐起身體的公爵簡短回答「勇者」二字。

公爵與佐藤見面的機會很多，再加上直覺敏銳，所以我試著裝出性別不明的聲音並只用單一詞彙開口以防暴露過多情報。

「勇者？……紫髮的勇者。你就是勇者無名先生嗎？」

由於擔心持續對話會使身分曝光，我僅簡短肯定「是的」然後將一份繩扣的文件丟到他面前。

「——這是？」

面對一頭霧水的公爵，我仿效蜜雅老師的簡短回答：「閱讀。」

「魔王信奉者所潛伏的場所嗎……究竟是如何獲得如此詳盡的情報？」

不光是公都內的潛伏場所，還附上整個公爵領的潛伏地圖。

畢竟這些傢伙要是不能一口氣抓起來，還不知什麼時候會捲土重來呢。

「想不到近在咫尺，就位於波比諾伯爵邸的地下……就連那蠢孩子也……」

重臣和自己家人也名列其中的事實，讓公爵發出訝異的聲音。

「勇者無名先生，這些傢伙還請交給我處置。我以歐尤果克公爵之名發誓一定會做出恰當的處分。」

居然這麼輕易就相信了。

「關於波比諾伯爵邸的地下，明天我將派遣近衛騎士團前去一網打盡。至於潛伏在平民區的賊人則不動用騎士團，而是改派可以祕密進行逮捕的人馬。」

見到我像蜜雅那樣不解地傾頭，公爵便告知理由：

「不用擔心，我不會貿然相信這些資料。拿下這些人之後，我會讓大和石及擁有『斷罪之瞳』的家臣查明真偽。」

話說回來，的確存在那種便利的道具和天賦呢。

儘管覺得對方可以藉由都市核的力量進行尋找，但至今未對如此棘手的傢伙動用都市核的話，想必存在著什麼原因吧。

為了保險起見，我指著文件的一部分強調捉拿「自由之翼」時所要注意的重點。

主要是必須將其一網打盡，以及留意那種可以將人變成魔族的「短角」。

文件中加註了恐怖分子被逼得走投無路時將會自暴自棄，所以要儘可能同時處理所有成員。

透過地圖搜尋並未發現持有「短角」之人，不過那些傢伙當中有人擁有「寶物庫」技能和魔法背包。

一旦藏於其中的話，若不是預先做了記號的物品就無法搜尋到，所以我為保險起見將其獨立出來列成一張清單。

潛伏的成員當中沒有值得一提的強者，因此即使有人被那個「短角」變成魔族，只要公都這邊有三名五十級左右的騎士就可順利打倒。

沉思了幾秒鐘，我告知一聲「交給你」便離開公爵城。

這種使用單一詞彙的版本雖然很難被看穿，但溝通起來相當不方便。

看來最好再多構思一下其他「不會聯想到我身上的說話方式及行動模式」的虛擬人格吧。

找亞里沙商量看看好了。

武術大會

「我是佐藤。說到武術大會我首先並非聯想到劍道或柔道之類的比賽，而是少年漫畫當中的打鬥作品。至於現實中實際體驗過的武術，頂多就只有高中體育課時練習過的柔道而已。」

「早安。」

我打著哈欠一邊走進大家所在的房間。

「早安，主人。我這就去拜託賽巴夫先生準備早餐。」

在被露露的笑容治癒的同時，我目送著她活力十足匆忙跑開的身影。

「早啊，你看起來好像很睏嘛。」

「姆，很睏。」

亞里沙和蜜雅用帶刺的語氣向我道早安。

「啊啊，那是因為上次的戰鬥中把彈藥用完，所以就挑了個不起眼的地方製作補充用的箭枝和子彈。」

「咦？不是去了有漂亮大姊姊的店嗎？」

「當然不是。」

果然是想到那邊去了嗎？

昨天和公爵見過面後我便前往公都地下的迷宮遺跡，在那裡補充魔王戰當中射光的聖箭和聖短槍，同時製作遭遇魔王級敵人時所使用的備用青液。

話雖如此，最後也只製作了十枝聖箭、兩把聖短槍和一小瓶的青液，就把聖留市迷宮裡所獲得的龍鱗粉用光。

由於我不想動用龍之谷的遺體，所以要是無法獲得龍鱗的話今後就得傷腦筋了。

「對不起，我想歪了。」

「對不起。」

「不要緊。話說莉薩她們跑去哪裡？」

我輕拍乖乖道歉的兩人的腦袋，然後隨口一問以掩飾心中的愧疚。

因為逗留公都期間，我將在多爾瑪的帶領下前去夜遊已經是既定計畫。

畢竟要是不在最近發洩一下性慾，我擔心自己就會屈服於欲望和娜娜或卡麗娜小姐發生超友誼關係。

我藉助無表情技能壓抑了這方面的感情。

和回來的露露一起前往餐廳後，前鋒成員和卡麗娜小姐等人剛好從通往中庭的門走進來。那流淌的汗水真是誘人。

看來她們一大早就在院子裡展開戰鬥訓練的樣子。

享用完沃爾果克伯爵邸的廚師製作的飯店等級的早餐，我們正在飲用飯後的青紅茶。

「士爵大人，有您的信。這封則是卡麗娜小姐的。」

從管家賽巴夫先生手中接過信，我確認上面的封蠟。

寄信給我的人是多爾瑪，給卡麗娜小姐的信則是她弟弟俄里翁寄來的。

多爾瑪的來信告訴我，他的哥哥西門子爵將在明天早上回來。似乎比我在沙龍裡聽到的預估時間快了許多。

信中還寫有能夠與子爵見面的日期，於是我挑選其中最近的明天午後兩個鐘的時刻並回信給對方。

「唉呀，俄里翁真是的。」

看完信之後，卡麗娜小姐柳眉倒豎這麼厲聲道。

「怎麼了嗎？」

「說什麼與其跟遠道來訪的姊姊和家臣見面，不如去看武術大會比較重要——」

或許是太激動，卡麗娜小姐說到一半就停頓住。她的眼中接連流下大顆的淚珠。

我打算拿出手帕遞給卡麗娜小姐之際，卻迅速被鐵壁雙人組攔截。

「娜娜。」

「對卡麗娜小姐實行抱抱。」

「接受戰術指令。」

娜娜回應蜜雅和亞里沙的明快指令，將卡麗娜小姐的腦袋抱在胸前像哄小孩一般「乖乖」地撫摸著。

對人技能不足的卡麗娜小姐面對娜娜突如其來的行動錯愕得眼珠子亂轉，無法推開對方只能任其擺佈。

「不用擔心哦，卡麗娜小姐。十四歲的小男孩正是羞於面對親情的年紀。太關心會招致無謂的反抗，還是稍微保持一點距離比較好哦。」

亞里沙將臉湊近卡麗娜小姐，給了這般與她外表年齡不符的建議。恐怕是她轉生前的經驗吧。

待卡麗娜小姐冷靜下來後，我為了轉換一下現場的氣氛而試著向賽巴夫先生詢問有無推薦的觀光景點。

「現在這個時期，建議您前往舉辦武術大會第二階段預賽的鬥技場。大老爺吩咐過我轉達：『各位可以隨意使用本家所預留的貴賓席。』」

聽到武術大會，獸娘們的眼睛頓時一亮。

就連平常沉著冷靜的莉薩也不斷擺動著尾巴拍打椅背。

「另外也可在舉辦王祖大和展的博物館裡增廣見聞，或是前往音樂堂接受歌姬希莉露多雅奇蹟般的歌聲治癒。倘若不忌諱平民，在港區的大市場裡鑑賞稀奇的商品也是不錯的選擇。」

逗留公都的期間全都去逛一遍好了。

總之最初的目標就是──

「今天就先去觀賞武術大會吧？」

用不著詢問，我的提議獲得全場一致肯定。

令我意外的是卡麗娜小姐也很有精神地投下贊成票。看來在她的心目中，無情的弟弟和大會觀戰是兩碼子的事情。

我拜託賽巴夫先生準備馬車和貴賓席，然後暫時回到房間換上外出服裝。

◆

「實在是很棒的位子呢。」

享受著沙發鬆軟的觸感，我一邊向卡麗娜小姐這麼說道。

其他孩子們都前往販賣部採購點心，所以留在貴賓席的人就只有我、卡麗娜小姐和她的女僕碧娜三人而已。

這裡除了面向鬥技場的方向以外都用牆壁與外界隔絕，內部裝潢採用了沉穩的色調。不愧是專為貴族而準備，其中配置的家具也相當豪華。

站在貴賓席露臺處眺望整個鬥技場的卡麗娜小姐這時轉過頭來回答：

「是……是的。下面好多人呢。」

正如卡麗娜小姐所言，普通席已經擠得水泄不通。

愈接近場地的位子就愈多人，有的地方甚至有人差點就要從觀眾席上掉落。

戰士們對戰的場地是一處田徑場般大小的橢圓形區塊。

貴賓席裡的介紹手冊上寫道，這是為了讓騎士能夠進行騎馬比試之用。

「卡麗娜小姐，身體太超出扶手的話會很危險的。」

由於貴賓席與普通席之間大約有三公尺的高低差，女僕碧娜看似很憂心地叮嚀著對方。

這時房門啪擦一聲開啟，前去採購的蜜雅和娜娜回來了。

「佐藤，啊～嗯。」

蜜雅將雙手抱著的點心放了一個到我嘴裡。

——是糖漿。

從蜜雅手裡接過棍棒仔細一看，那無色透明的外觀和我在聖留市與魔法兵潔娜一起吃過的褐色麥芽糖漿不同。大概是用米和砂糖製作而成的糖漿吧。

「主人，保護了蘋果的幼生體——這麼報告道。」

娜娜買來的是一整籃糖果大小的蘋果，似乎是一種叫「小蘋果」的品種。

「我可以拿一個嗎？」

「這麼肯定了。」

我從娜娜迅速遞出的籃子中拿了一顆新鮮的小蘋果放入口中。

「噗滋」一聲下去便溢出果汁，接著嘴裡充滿蘋果特有的酸味和甜味，過了一會，蘋果的香味也刺激著鼻腔。

「很好吃呢。」

「是的，主人。」

不過由於剛才先吃了糖漿，感覺甜味有些變淡。

「姆？」

果然，和我同樣先吃過糖漿的蜜雅將小蘋果放入口中之後便露出微妙的表情皺起眉頭。

緊接著，露露也帶著小玉和波奇回來了。

「章魚串～」

「也買了烏賊串喲。」

小玉和波奇手拿的袋子裡瀰漫出很香的味道。

「不是說章魚和烏賊都不太有人吃嗎？」

「是這樣嗎？可是平民專用的攤位上都在販賣哦。」

說到這個，不吃章魚或烏賊的人好像只有貴族和其他領地的人吧。

露露回答我的疑問，一邊展開放在貴賓席角落的折疊桌，手腳俐落地將買來的章魚串和烏賊串放在上面。

「回來了——！」

「主人，我們回來了。」

最後回來的是亞里沙、莉薩，還有卡麗娜小姐的女僕艾莉娜三人。

「呼——烤雞肉串和肉串的攤位好多人，真是累翻了。」

「是啊～到處都有人在吵架，扒手也很多。」

對於亞里沙的牢騷，艾莉娜也出言附和。

莉薩在露露的幫忙下將烤雞肉串等許多肉串排列整齊。

她們似乎還買了肉類以外的東西，將棍狀的硬麵包很不起眼地擺放在桌子邊緣。

「你看你看！我還弄到了蜜雅專用的燙毛豆和落花生哦！」

「亞里沙，感謝。」

「哦——好像很好吃的樣子。」

吃了毛豆和落花生之後，就讓人不禁想要暢飲冰涼的啤酒。

就在吃著各種點心的期間，似乎終於到了比賽開始的時候。

鬥技場的銅鑼敲響，場內廣播響徹四周。

『第一場，「赤鐵的探索者，魔法劍士丹」對上「沙珈帝國的武士，吉．凱因流的卡吉羅」。』

眾人的目光聚集在走進場地的兩人身上，但亞里沙和蜜雅卻對其他方面感興趣。

「這種混濁的廣播聲，莫非是同時使用了傳聲管和風魔法嗎？」

「嗯，那個。」

蜜雅指著觀眾席上豎起的好幾根巨大管子。

根據ＡＲ顯示，那是一種叫「風之傳聲塔」的魔法裝置。亞里沙似乎是猜對了。

「哦哦，小丹丹的名字雖然奇怪，不過卻是耽美系的美形臉蛋。至於對手卡吉羅大叔感覺就像個很適合邋遢鬍子的狂野系武士。」

查看著貴賓席所附設的望遠鏡，亞里沙提供了這些無聊的情報。

我也藉助遠觀技能眺望兩名選手。

身材高大且肌肉壯碩的卡吉羅先生，肩膀上扛著一把刀刃將近有兩公尺的大太刀靜靜等待著比賽的開始。

或許走的是先手必勝的路線，他身上只穿了最起碼的鎧甲。

正如廣播所介紹那樣，他身穿和服及袴。搭配那種金髮義大利人的臉龐，就像個迷上日本文化的外國人一樣。

他似乎出身於因勇者召喚而聞名的沙珈帝國，所以成長過程中應該受了日本文化的薰陶吧。

另一方面，丹先生則裝備了祕銀材質的單手劍和小盾，身上穿了一件使用甲蟲系外殼的光亮鎧甲。

丹先生是四十二級，卡吉羅先生為三十九級。

不愧是準備爭奪決賽名額的比賽，雙方的等級都很高。

——不，這也太高了。

兩人都可以排入大會參賽者的前五名。

在決賽前故意讓他們碰在一起自相殘殺——應該是我想太多了。

「嗯～這麼遠的距離看不到人物狀態呢。」

亞里沙不滿地這麼小聲嘀咕後，開始將自己的預測告訴其他孩子。

「根據戰前評價，會用魔法的小丹丹似乎比較有勝算呢。」

「亞里沙，不能這麼說。卡吉羅先生的巨大身軀再加上那高大太刀的射程與威力都不容小看。丹先生是否有機會施展魔法大概將會決定戰鬥的結果。」

哦哦，莉薩變得多話了。

等級上是丹先生比較有勝算，但卡吉羅先生是純粹的戰士，倘若像莉薩所說那樣雙方都用劍戰鬥的話應該多少可以彌補等級的差距。

「哇！裁判好華麗。」

「很醜的服裝呢。」

正如亞里沙和莉薩的感想，入場的裁判穿著顏色鮮豔的服裝，手持白色與紅色的大旗以及號角。

選手們走進相隔三十公尺的地面上所繪製的兩個圓圈當中。

這裡似乎就是開始位置。在這種距離下一旦詠唱較長的魔法，就很可能會遭到對手的攻擊。

裁判大聲宣布比賽開始，然後吹響號角。

「武士突擊了喲！」

搶在號角聲傳入我們耳朵前，卡吉羅先生已經前進幾步衝進了攻擊範圍內。

——來自上段的白刃襲向丹先生。

「■■　閃盾。」

光波紋一般的防禦膜以丹先生的小盾為中心展開，彈回大太刀的一擊。

簡直就像是戰車的反應裝甲一樣。

卡吉羅先生的高大太刀還未收回，丹先生的單手劍突刺就襲向了卡吉羅先生的面部。

面對採取彆扭姿勢進行閃避的卡吉羅先生，丹先生的三段突刺又緊接到來。

「啊，拉開距離了喲！」

「嗯嗯！嗯嗯嗚嗚～？」

「小玉，東西吃完再講話吧。」

波奇揮舞著吃完後的竹籤一邊解說，小玉則是嘴巴塞滿食物在說些什麼，結果遭到露露的訓斥。

拉開距離的卡吉羅先生用摺足調整攻擊範圍，丹先生則是以詠唱時間較短的身體強化系魔法進一步強化自己。

「強化？」

「好像是用了支援系魔法呢。」

蜜雅和亞里沙聽了丹先生的詠唱後正在猜想其內容為何。

「話說回來，卡吉羅大叔怎麼不乘對方詠唱的時候攻擊呢？」

「亞里沙，那是丹先生的誘敵之計。不小心上當就會遭到迎頭痛擊。」

莉薩這麼回答亞里沙的疑問。

「主人，武士部隊的移動很奇怪——這麼告知道。」

「那個叫摺足——」

就在準備向娜娜解說摺足之際，比賽再度出現了動靜。

由於沒有人願意聽我解說，於是我也將注意力轉回比賽上。

不同於剛才觀望的態度，雙方展開了互相抵擋彼此無數連續攻擊的華麗攻防戰。

「嗯～真是厲害呢。明明在閃避大太刀的連擊，咒語的詠唱卻沒有任何失敗哦。」

「沉著冷靜。」

不停吃著點心，亞里沙和蜜雅兩人一邊從魔法使的角度觀察兩人的戰鬥方式。

而或許是等級差或中途施展的身體強化魔法奏效了，優勢逐漸傾向於丹先生。

高等級的連續攻防讓觀眾都忘了要加油，只是吞著口水默默關注著。

「啊！」

比這個聲音遲了一些，大太刀攔腰折斷的清脆聲響傳遍了整個鬥技場。

「卡吉羅大人！」

鬥技場對面通往休息室的通道裡傳來女性的驚叫聲。

那想必是卡吉羅先生的親人吧。

大太刀斷裂後仍不放棄比賽的卡吉羅先生使出起死回生的一擊。

然而，看穿對方攻擊的丹先生卻是用紫電纏繞的劍身擋下了刀刃。

靜電般「啪滋」的巨響傳遍鬥技場，卡吉羅先生應聲倒地。

看來是他利用電擊讓卡吉羅先生麻痺了。

丹先生將劍抵在卡吉羅先生的脖子上，然後望向裁判催促對方宣布勝利。

這時，觀眾席傳來粗魯的聲音。

「殺了他——！」

「失敗者就得死——！」

不不，這又不是羅馬競技場的劍鬥士奴隸在比賽。

從整個鬥技場來看雖然僅占了零星的數量，但數十名男性異口同聲要求讓卡吉羅先生死亡的痛罵實在相當刺耳。

另一方面，丹先生只是聳聳肩膀一副「沒空陪你們玩」的模樣。看來似乎不打算回應那些沒有禮貌的觀眾要求。

或許是這個動作獲得女性的青睞，觀眾席陸續傳來針對丹先生的女性加油聲。

「勝者，魔法劍士丹！」

裁判遲了一些宣布丹先生的勝利，觀眾席的歡聲雷動立刻蓋過了剛才的痛罵聲。

當然，我們也對兩人精彩的戰鬥毫不吝惜地報以掌聲。

下場比賽開始前的這段期間，我們吃著點心一邊聊起剛才比賽的話題。

「那就是袴嗎？這種裝備太理想了。想不到竟能如此隱藏自己的腿部動作。」

莉薩不斷誇獎剛才比賽中身穿和服的卡吉羅先生。

小玉和波奇兩人則是一起模仿卡吉羅先生的腳步動作，但似乎都學不來。

「好難～？」

「腳都會浮起來喲。」

「要像這樣做哦。」

我脫掉鞋子實際示範腳步動作給兩人看。由於是憑藉以前在漫畫中看過的印象，所以正確與否實在沒有把握。

一般的摺足解說起來很簡單，不過她們似乎不太了解要使用腳趾來細微調整攻擊範圍。

小玉和波奇將臉湊近以便看清楚我的腳趾動作。

「一前一後～？」

「是蛞蝓喲。」

或許是很喜歡我的腳趾動作，波奇直接躺在地板上像尺蛾幼蟲那樣全身收縮擺動著。

是不是應該吐槽一下波奇「那根本不是蛞蝓」呢？

就在小玉也準備模仿波奇的前一刻，露露的斥責聲傳來：

「波奇！是哪個壞孩子穿得這麼漂亮卻躺在地上啊！」

「啊……啊嗚。不是喲。露露，這個不是喲。」

「什麼不是？做錯事情要怎麼樣？」

「對不起喲。」

糟糕，原來應該要訓斥才對嗎。

波奇做出反省的姿勢道歉。

「波奇，反省～」

機警的小玉立刻就站到露露那一邊同聲斥責。

——妳剛剛不是也準備蹲下去嗎？

察覺到我意有所指的這番視線，小玉在慌張揮舞手腳後也和波奇一樣做出「反省」的姿勢。

嗯，很懂事喔。

接下來的比賽是兩名獸人大劍使彼此展開豪邁的戰鬥。

這場比賽雙方都渾身是血，讓人看著心理上不怎麼舒服。

應該說，你們不要頂著滿身的鮮血一邊互砍還一邊笑好嗎？怪可怕的。

「主人，是很快衝過來，然後鏘鏘就打中了喲。」

「換成莉薩會贏～？」

「我想不會輕易敗下陣來，但正面對上的話實在有些沒把握呢。」

兩名獸人都是三十級以上，就等級來說莉薩應該無法打贏。

「哦哦！那是什麼動作。」

「轉圈圈～？」

「眼花繚亂喲。」

「嗯，厲害。」

看著兩人特技般的動作，年少組發出讚嘆的聲音。

大概是覺得興奮，小玉和波奇將身子探出扶手出聲加油，實在有點危險。

「妳們兩個，不可以靠在扶手上面哦。」

莉薩這麼叮嚀後，兩人離開扶手，但每當獸人們使出重擊或雜耍般的閃避招式時，興奮的小玉和波奇都會不自覺爬上扶手。

莉薩到頭來也放棄叮嚀，將小玉和波奇像布偶一般直接抱在手臂兩側。

彷彿丟鉛球一般揮舞大劍轉圈子的狐人利用離心力使出了漫畫那樣的飛翔斬。

狸人也同樣超乎常理，將大劍縱向分解成兩半整個人開始陀螺般的旋轉。

「轉三圈～？」

「眼花繚亂喲。」

儘管被莉薩抱住，小玉和波奇仍不斷擺動著腦袋在觀戰。兩人揮來揮去的手臂和尾巴簡直就要甩斷似的。

話說回來……這是武術大會吧？確定不是人體極限大會嗎？

雖然很有趣，不過總覺得搞錯了什麼。

有些難以接受，但姑且就當成等級上昇後所帶來的能力值暴漲現象吧。

「主人，我也可以做到那樣的動作嗎──這麼詢問道。」

「只要妥善運用身體強化，娜娜妳應該可以辦到吧。」

就在我回答娜娜的問題時，一直安靜觀戰的卡麗娜小姐也做出了反應。

「唉呀，既然這樣的話，我似乎也能辦到呢。」

『嗯，卡麗娜小姐可以的。』

「具有智慧的魔法道具」拉卡這麼肯定卡麗娜小姐的發言。

兩名獸人白熱化的拉鋸戰讓觀眾席熱鬧萬分，但直到最後雙方都未出局而以平手作收。往後似乎還要繼續打下去的樣子。

而上午的最後一場比賽是人族槍術士對上年約二十歲的女武士。

這名女武士似乎和一開始觀戰的大太刀使卡吉羅先生是同一流派。她裝備有長卷以及脇差。

雙方都是二十五級左右，相較於之前的對戰者低了許多。

「格拉歐，你等著。爸爸一定會在大會中勝出然後做官的。」

「就讓我來替卡吉羅大人雪恨。」

或許是習慣了觀眾的加油聲，順風耳技能開始可以在喧囂中捕捉到對戰者的喃喃自語了。

就算在提昇至最大技能等級的狀態下，一旦適應後性能果然還會進一步提高。

用來試探的幾次過招結束後，槍術士一口氣發動了攻勢。

「「「哦哦哦哦！宰了他——————！」」」

大概是剛才的狸狐戰氣氛太過熱烈，觀眾開始喊出些許惡質的加油口號。

槍術士的十字槍前端將女武士的袖鎧彈飛，緊接的橫刃劃傷了她手臂。

鮮血飛濺，見狀的觀眾們吼得更加起勁。

「「「唔哦哦哦！是血——！」」」

該怎麼說？我實在無法跟上這種步調。

在這個遊戲般的世界裡流血似乎會被視為持續傷害，因此女武士的體力計量表和精力計量表隨著時間的經過不斷在減少當中。

「「「哦哦哦哦！幹掉她——！」」」

見到因出血過多而腳步踉蹌的女武士，觀眾們發出瘋狂般的嘶吼。

「喵。」

「嗚嗚。」

被莉薩雙手吊著的小玉和波奇縮起身子垂下耳朵，平時活力充沛的尾巴也無力地收在雙腿之間。

而且不光是小玉和波奇，就連莉薩也浮現蒼白的臉色。

就彷彿在害怕什麼東西一樣——糟糕。

「亞里沙，快對莉薩她們施展『平靜空間』的魔法。」

「ＯＫ！」

我小聲這麼吩咐亞里沙後，已經察覺不對勁的亞里沙不囉唆地立刻使用了魔法。

魔法立刻生效，獸娘們因恐慌所產生的緊張感逐漸消退。

我接住全身無力的莉薩等人，讓她們躺在沙發上。

「怎麼了嗎？」

「好像是被觀眾的情緒傳染了呢。」

我這麼回答卡麗娜小姐的問題，但實際上卻並非如此。

這三人之所以會陷入恐慌狀態，大概是因為聽到觀眾的痛罵聲後回想起聖留市的暴動事件吧。

當時要是沒有魔法兵潔娜出面解救，這些孩子說不定早就被殺死。會在她們的心裡留下創傷也是在所難免的。

「不用擔心哦，有我們在身邊陪著。」

我將自己的手貼在獸娘們的手上這麼輕聲說道。

「還有我哦。」

「我也一樣。」

「守備任務請交給我——這麼宣布道。」

「嗯，安心。」

大家似乎也很擔心獸娘們，亞里沙、露露、娜娜和蜜雅四人同樣疊上了自己的手這麼鼓勵著。

卡麗娜小姐好像也想加入，但就在猶豫不決的期間錯失了機會，獨自一人在外圍顯得很寂寞。

「主人，抱歉讓您操心了。」

「已經不要緊了～」

「波……波奇也沒事喲。」

獸娘們露出些許勉強的微笑在椅子上坐正。

然而，鬥技場內卻仍在呼喊著「殺了她」的口號。

真是的，你們也給我收斂一點──

看到倒地的女武士和站在她身前舉槍的男人身影後，我的這番嘀咕猛然打住。

儘管不情不願，男人仍回應著「殺了她」的口號準備殺死女武士。

「裁判呢──」

就在這麼開口的途中，我發現女武士手中仍拿著斷掉的脇差（註：刃長度約三十到六十公分，武士平時與太刀或打刀配對繫於腰間作為備用武器，當長刀損毀時才使用）。

站在裁判的立場，這大概被視為戰鬥持續進行中吧。

女武士在地面翻滾躲過無數次的長槍突刺，但拿著脇差的手臂最終被對方踩住，陷入了性命危急的險境。

「就是現在！殺了她！敢殺死她的話我們波比諾伯爵家就會任用你！」

其中一處貴賓席傳來這番傲慢的聲音。

在這個聲音的推動下，槍術士用失去理智般的聲音喃喃道：

「格拉歐……爸爸要下手了……」

唔！情勢很不妙。

「住手！格拉歐可是在看著啊！」

我藉助擴音技能這麼大喊，試圖讓槍術士恢復神智。

「格拉歐……」

被我的呼喊聲影響，槍術士的槍尖偏向一旁，十字槍的橫刃在女武士的脖子前方停住了。

「勝者！槍術士吉拉烏！」

宣布勝利的同時，槍術士整個人跌坐在地。

女武士則是被鬥技場的救護人員救起抬走了。

「那麼差不多也看膩了，該回去了吧？」

「說得也是，優雅的我實在不適合這種打打殺殺的氣氛呢。」

說看膩了是騙人的，不過這種殺氣騰騰的氣氛實在讓我很不喜歡。

況且對於獸娘們來說，那種暴動般的嘶吼聲也是一種壓力。

「佐——潘德拉剛勳爵你們既然要回去，我也一起好了。」

卡麗娜小姐也表示同意，所以大家一起走向馬車搭乘處。

途中我的順風耳技能捕捉到這樣的對話——

「喂！幹什麼！我可是名門波比諾家的直系啊！你們這些普通騎士。」

「請您安靜一些。公爵閣下命令我們逮捕波比諾家的人。若有抵抗將視為對公爵閣下的謀反，還請多加注意。」

最初那個傲慢的聲音是剛才的笨蛋貴族。

我不經意確認一下地圖，得知藏匿「自由之翼」的波比諾伯爵邸周圍已被公爵軍包圍，近衛精兵正在與波比諾伯爵的私兵對峙當中。

正如昨天所言，今天似乎立刻就派遣了領軍。

看來公爵行動起來真是迅速。

◆

回到沃爾果克伯爵邸之後為了安撫獸娘們，我決定應她們的要求製作漢堡排。

在拜託屋內專屬的女僕之後拿到豆腐，我開始嘗試製作蜜雅專用的豆腐漢堡排。

「波奇！」

「小玉！」

看到漢堡排的兩人呼喚彼此的名字，猛然「啪」地一聲互相擁抱以表達喜悅。

之前那種強打起精神的模樣已經一掃而空。

看來我的選擇沒有錯。

「佐藤？」

我將漢堡排放在蜜雅面前，她頂著一臉納悶的表情向我發問。

「這是用豆腐做的漢堡排。看起來很像普通的漢堡排但原料卻是大豆和小麥粉，所以蜜雅應該也能吃哦。」

除了植物類的材料外裡面還加了蛋，但她平常吃的點心裡也有加蛋所以應該沒有問題。

「先吃一口看看。不喜歡的話我再拿其他料理過來。」

「嗯。」

我再次說服後，蜜雅終於對豆腐漢堡排伸出筷子。

「美味。」

吃了一口的蜜雅這麼喃喃道，然後仔細咀嚼口中的豆腐漢堡排。

『很好吃哦！在嘴巴裡就整個散開，奇妙的滋味完全不像麵包或蔬菜。實在非常美味哦，太棒了！』

蜜雅咕嚕一聲嚥下漢堡排，兩眼閃閃發光用精靈語說了這麼一長串感想。

太好了，看來很合蜜雅的胃口。

之前看到大家在吃漢堡排時蜜雅顯得很落寞，所以我才一直想要製作出可以讓她食用的漢堡排。

「漢堡排……竟然存在這種料理……我從來就不知道呢。」

第一次吃到漢堡排的卡麗娜小姐感動得渾身顫抖。

「美味美味美味～」

「主人，漢堡排很美味——如此稱讚了。」

小玉和娜娜小心翼翼地吃著每一口漢堡排，用所知不多的詞彙表達美味之意。

「真是的，漢堡排最強了喲！」

「感覺讓人忍不住要大喊『老爹——』了呢～」

至於波奇和亞里沙的稱讚方式水準太高所以讓我聽不太懂。波奇的詞彙似乎受到亞里沙很深的影響，差不多該矯正一下比較好吧。

撇開這些事情，大家高興的模樣讓我覺得心情很好，所以就按照大家的要求再多製作了幾份。

「佐藤，還要。」

「抱歉，蜜雅。豆腐漢堡排的材料很少，沒有多餘的哦。」

「……鏗。」

蜜雅罕見地將擬聲用口語表達出來。看來她真的覺得很遺憾。

我向蜜雅道歉，並保證晚餐會製作豆腐漢堡排之後才取得她的諒解。

結果除蜜雅以外的孩子們都吃得太多而倒下，現場一副死屍累累的光景。

如今已經讓她們吃下胃藥並躺下來休息，只要放置一陣子就會復活了吧。

我向正在喝果汁清除口中餘味的蜜雅說道：

「現在有點時間，要不要去貴族區的魔法店看看？」

「嗯，要去。」

魔法店就位於可步行抵達的距離，但波比諾伯爵邸的逮捕行動似乎仍在持續中，所以為了安全起見和通行順暢就請人派出沃爾果克伯爵邸的馬車。

魔法店座落於下級貴族豪宅所在的貴族區外圍。

平民區也有平民專用的魔法店，不過我要的中級攻擊魔法只有這家店才有出售，所以便選擇這裡為首要目標。

意氣風發地進入店內後，赫然就遇到了認識的人。

「哦哦，這不是佐藤先生嗎？」

「嗯，是多爾瑪你認識的人嗎？」

「是啊，剛才不是說過嗎？就是把襲擊穆諾市的多達數萬的魔物大軍給——」

位於魔法店當中的是看似店長的男性和多爾瑪兩人。

多爾瑪彷彿親眼目睹一般向店長講述穆諾市防衛戰。

店長是個不像經營魔法店的壯碩肌肉男，冷酷的長相或許扛著十字鎬或大劍比較合適。

這位店長面帶冷笑望著正在開心述說誇大故事的多爾瑪。大概是認為對方像平常一樣在吹牛，他看起來並沒有當真的樣子。

「我叫基基奴。出身於東方的小國，所以不用在意這個奇怪的名字。要是覺得繞口就隨便叫我肌肉、大叔或是店長都可以。」

「感謝您的用心。我叫佐藤。」

被當成空氣的多爾瑪擺動手指嘴裡發出「嘖嘖嘖」的聲音。總覺得很想揍他。

「得報出自己的姓氏才行哦？」

由於希望可以輕鬆交談所以我並未報出自己的姓氏。還真是個不懂得察言觀色的傢伙。

「失禮了。我叫佐藤・潘德拉剛名譽士爵。」

「哦？看得出來很喜歡勇者故事啊……」

他似乎很清楚我的姓氏由來是勇者故事中登場的虛構勇者。

「他的主人是穆諾男爵，就是前多那諾準男爵哦。」

「原來如此……那傢伙也真是多災多難啊。」

這樣就能聽懂，可見穆諾男爵在公都也是個相當出名的勇者迷吧。

「最終選擇潘德拉剛這個姓氏的人是我自己。」

「嗯，這只有同好之間才會知道，應該不要緊吧。」

原來如此，基基奴店長大概也是穆諾男爵的同類吧。

「話說回來，身為劍士的佐藤先生來這種店裡做什麼呢？果然還是對卷軸感興趣嗎？」

「是的，也有這個因素，不過我是順便來看魔法書的。」

「魔法書？佐藤先生你？」

「是的，我的同伴當中有其他人像這孩子一樣會使用魔法。」

說到「這孩子」時，我讓對方見見躲在我身後的蜜雅。

略微低頭的蜜雅從兜帽底下轉動眼珠子仰望基基奴店長，簡短自我介紹了一聲：「蜜雅。」

「是令妹要用的入門書嗎？有沒有合適的？」

「不，不需要入門書。可以讓我們看看中級以上的魔法書嗎？」

基基奴店長聽了我的話之後皺起眉頭。

「中級的魔法書對小孩子來說未免太困難了……」

「姆。」

被當成小孩子的蜜雅不高興了。

她輕輕掀開兜帽，向基基奴店長露出自己的耳朵。

「莫……莫非這位是精靈大人？」

「嗯。」

「蜜雅是波爾艾南之村的精靈哦。」

我代替蜜雅稍做說明。

「那……那真是太失禮了！」

基基奴店長彷彿要撞上櫃臺一般低下頭，出言拚命賠罪。

或許是被對方的真誠打動，蜜雅立刻換下不高興的表情簡短告知：「原諒。」

「我從來就不知道基基奴你是精靈信奉者啊。」

「與其說信奉者……以前應該提過我的出身地在黑龍山脈旁邊吧？」

「嗯嗯，我聽過。」

「黑龍山脈裡不光是魔物，還有魔物所帶來的流行病蔓延啊。」

多爾瑪的話讓基基奴店長開始談起自己的事情。

話說回來，黑龍山脈這個名稱真是令我感到興奮。

「每年都有村民因為流行病而倒下，但多虧精靈大人很久以前種植的癒眠樹，所以幾乎沒有人死亡。」

「嗯，癒眠樹很厲害。」

蜜雅點了點頭。

「哦～有這麼方便的樹，要是分株的話應該很賺錢吧。」

「沒用的。有人曾經為了牟利想在其他地方種植，結果除了精靈大人最初種植的場所，其餘的癒眠樹都枯死了。」

基基奴店長搖頭否定了多爾瑪的建議。

蜜雅小聲告訴我植林失敗的真正原因在於「精靈不足」。

大概是因為種植癒眠樹需要「精靈」吧。說到這個，矮人們居住的波爾艾哈特市周邊也由於精靈或魔素不足而導致樹木枯黃呢。

「嗯，就因為這樣，所以精靈大人對我有恩啊。」

和這麼敘述的基基奴店長隨便閒聊了一下後，我便向對方請教此趟目的——魔法書和卷軸的品項。

不愧是大都市的魔法店，書籍類相當充實。

「這本很不錯呢。」

「是嗎？這邊都是較經典的書籍，至於那本就屬於搞笑類的……」

我手裡拿著的是一本叫《旋轉與浪漫》的書籍。

這本書的作者和我在庫哈諾伯爵領的賽達姆市所見到的陀螺型魔法道具的作者是同一個人。

「這並非什麼搞笑書籍。畢竟賈哈德博士的發明中仍有相當出色的成品。」

之前我只知道魔法道具製作者欄所記載的「賈哈德」這個名字，如今透過著作的情報得知對方似乎是一位住在王都的老博士。要是到王都的話絕對要見上一面。

其他還有同作者的《旋轉與往復運動的相遇》和《旋轉所催生出的新魔法》等，用來全力推廣旋轉的書籍一應俱全。

店長推薦為經典類的則是《從基礎學習法杖和觸媒》、《寶石與魔核》、《用於魔法道具的三十種經典迴路》、《魔法道具與刻印魔法》、《魔法文字「符文」的刻印法》、《從刻印開始學習魔法陣》等書籍。

由於這些書的書名都很吸引我，於是決定一起買下。

可惜的是並沒有找到記載卷軸製作法的書。

「我要購買全種類的中級魔法書和這本書。」

魔法書中甚至有琳格蘭蒂小姐將其復活的「爆裂魔法」和「破壞魔法」解說書。遺憾的是這裡並未擺放「空間魔法」、「重力魔法」和包含禁忌類在內系統的魔法書。

「這……這麼多！——哦，對了。因為你是多爾瑪的熟人所以差點就忘記，方便讓我看一下貴族的身分證嗎？另外有些書籍裡的咒語可以移作軍事用途，所以也需要相對的許可證……」

「這樣可以嗎？」

我向基基奴店長出示貴族身分的銀牌和昨天剛從公爵那裡拿到的許可證。

「無限制的許可證？而且還蓋有公爵閣下的官印！究……究竟是如何拿到這樣的東西……」

我很難告訴啞口無言的店長這是用「美味的天婦羅」換來的，於是就以日式微笑蒙混過去。

緊接著，我請店長讓我看看卷軸。

「用不著在這裡買，直接到我們的工房購買就行了。」

「喂喂，多爾瑪，別搶我店裡的貴客啊。」

基基奴店長苦笑著抱怨多爾瑪不長眼的措辭。

「前往多爾瑪勳爵的家中打擾時，我將會訂購相當奇特的卷軸——」

與其說是奇特的卷軸，其實我準備將我的自製魔法客制成卷軸，所以打算把店裡可以買到的東西先買下來。

基基奴店長讓我看的普通卷軸就和古魯里安市買到的沒有兩樣，但軍用魔法倒是買到了好幾種。

雖然都是一些下級或中級卷軸，不過「火焰暴風」、「光線」和「爆裂」之類的攻擊魔法以及「風之細語」、「遠話」等通信魔法，就連魔法干擾系的「魔法破壞」都一併入手。

——啊啊，要是當初有這些魔法，魔王戰的時候就會輕鬆許多。

只不過，我想要的「治癒」、「解毒」、「治癒疾病」之類的卷軸並不存在。

據基基奴店長所言，這是因為用卷軸施展的效果很低，不如改用魔法藥來得可靠好幾倍。

「這裡沒有『理力之手』、『上鎖』和『開鎖』的卷軸嗎？」

「非常抱歉──」

「佐藤先生，能夠拿來犯罪的『上鎖』和『開鎖』卷軸是禁止製作的哦。」

多爾瑪打斷基基奴店長的話，這麼回答我的問題。

軍用的明明ＯＫ，那些魔法卻不行嗎……

其他像「透視」和「遠耳」這種可以用於諜報活動的魔法好像也禁止。據說公都的貴族豪宅裡存在可對抗這種魔法的特殊建築。

剛才購買的《魔法道具與刻印魔法》和《從刻印開始學習魔法陣》中似乎也記載了防諜方法的解說。

另外，剛才一併列舉的「理力之手」是類似超能力者使用念動力的魔法，卷軸的最低性能頂多僅能將一支筆舉起幾十秒鐘所以沒有市場需求。

多爾瑪的老家西門子爵家的倉庫裡好像有「理力之手」，所以我打算在見到西門子爵時確認對方是否願意出讓。

想要的東西大致都找齊，這間店的採購就到此為止好了。

我從萬納背包裡取出金幣結清這筆不小的金額，然後再將大量書籍和卷軸收進萬納背包裡。

「哦？是收納背包嗎？真不愧是貴族大人啊。」

「這家店裡也有嗎？」

「雖然有販賣，但目前並無庫存呢。那種高級貨是接單生產，要等上好幾年才能拿到。」

——哦哦？

還以為那都是古代帝國的遺物或是迷宮裡的出土品。從基基奴店長的說法聽來，目前正在魔法道具工房裡製作當中。

說到這個，卡麗娜小姐提到在以前的穆諾男爵城裡曾經有過「魔法背包」。

我向基基奴店長詢問一些性能上的詳情，發現性能最佳的收納背包就和我在穆諾男爵領的怨靈堡壘獲得的劣化版萬納背包幾乎一樣。

看來我在龍之谷獲得的萬納背包十分與眾不同。

◆

這之後，我們在多爾瑪的帶領下逛遍了貴族區的商會、書店及平民區的魔法店。

前往商會是因為要購買酒桶送給矮人們。因為賈洛哈爾先生賣給我的「火焰爐」在魔王戰當中大顯神威，我於是另外又特別買了高級酒組合贈送給杜哈爾老先生。

而多爾瑪「公都這裡就像我家的院子一樣」這番話讓我回以一個不冷不熱的笑容，但事實上也並不誇張。

一行人不時穿過奇怪的小巷或別人的庭院，循著壞小孩喜歡的那種路徑走遍公都各個地方，將我們帶往那些不為人知的名勝景點。

若是小玉或波奇大概會很開心，但蜜雅很快就開始喊累，所以中途讓她騎在我肩膀上移動。

通過這些詭異道路所來到的地方，是一處彷彿位於大樓之間的空地。

實際上並非大樓，而是被自然公園見到的那種樹叢圍繞著，但不知為何就是給我前述的印象。

「清涼。」

正如蜜雅的喃喃自語，這裡的綠意相當茂盛。

猛然察覺到異樣感，我望向總是顯示在視野角落的雷達後得知這裡已經位於其他地圖了。

儘管是相當狹小的空間，我還是為了保險起見使用探索全地圖。

所幸看起來並沒有什麼懷抱惡意的存在。

「佐藤先生！這裡。」

撥開雜草向前走去的多爾瑪大動作揮手呼喚我們。

目光朝那裡望去，只見一大片雜草的彼端有一棟看似埋沒在樹林當中的建築物。

「這就是我推薦的店家哦。經常可以找到意外的珍品。」

多爾瑪很自然地忽略了掛在店門上的「打烊」牌子，像回到自己家一樣踩著輕鬆的步伐走入其中。

或許真該學習一下他的這種厚臉皮。

覆蓋藤蔓的紅磚造店面入口狹窄，扛著蜜雅無法直接進入，即使身材不高的我也差點就要撞到腦袋。

我將蜜雅放在地面，牽著她的手走入店內。

「老爺子！還活著嗎～」

多爾瑪這番沒禮貌的聲音從店裡面傳出，不久傳來沉重的「啪咚」聲和多爾瑪的哀嚎，接著是老人的痛罵聲。

「別隨便咒人死掉啊！你自己才是，一陣子不見還以為已經掛了啊。」

老店主身高似乎很矮，被多爾瑪擋住而看不見他的身影。

「話說回來，多爾瑪，你這是帶了啥過來啊？」

「啊啊，他們是我的朋友——」

多爾瑪準備介紹我們而轉過上半身時，終於可以看見老店主的模樣。

睡帽般的綠色帽子下方是皺巴巴的臉龐和尖尖的耳朵，淺灰色的皮膚配上銀色的眼眸。

根據AR顯示在他身旁的情報，他似乎是一種叫守寶妖精的妖精族。

遊戲中登場的守寶妖精應該是會看守寶藏的這一類妖精才對。

不知是否因為這個緣故，他背後的架子上擺放了各種魔法道具和卷軸。

「太刺眼了，看不見——」

老店主用手遮擋住眼睛，過了好一會才放下。

剛才還是銀色的眼眸已經變成了漆黑的顏色。

「看來是個人族的小伙子……嗯？那個鈴鐺是『波爾艾南的靜鈴』嗎？原來如此，這樣一來就可以明白了。」

見到我掛在腰上的鈴鐺，老店主抱起雙手露出心領神會的表情。

接著，他似乎發現了躲在我身後的蜜雅。

「哦哦？那位小姑娘是精靈大人嗎？長得很像希莉露多雅大人卻非她本人啊。」

「嗯，蜜雅。」

蜜雅拿下兜帽簡短告知名字。聲音聽起來有些不高興。

「——這真是太失禮了。」

老店主取下帽子抓了抓腦袋，然後從櫃臺的另一端站了起來。

『我是波爾艾先的尤卡姆。正如您所見，是個守寶妖精老頭子。』

『我是波爾艾南之森最年輕的精靈，拉米薩伍亞和莉莉娜多雅的女兒，蜜薩娜莉雅‧波爾艾南。』

老店主用精靈語報出名字後，蜜雅也同樣以精靈語反過來介紹。

剛才的不悅彷彿一掃而空，蜜雅又恢復至平常的表情。

看來妖精族存在著只有他們自己才會知道的規矩和慣例。

無視於氣氛的和諧變化，多爾瑪逕自向老店主說道：

「也寒暄夠了吧，老爺子？麻煩讓這兩人看看你珍藏的那個吧。就是你號稱寶貝書籍的那樣東西。」

「嗯，那個嗎……也好，等我一下。」

老店主走進位於店內的倉庫。

多爾瑪則是動作熟練地準備幾人要喝的茶並擺好圓椅催促我們坐下。

「我以前經常來這裡購買成人類的書籍哦。」

「莫非剛才說的寶貝書籍是——」

「哈哈哈！到我這種年紀，再怎麼說也不會來買那種書啊。」

多爾瑪笑著否定了我的擔憂。

我對於這個國家的情色書刊並非不感興趣，但還不至於要特地經由別人仲介過來購買。

所幸蜜雅似乎不知道「成人類」是什麼意思，否則就會飛來一句「有罪」了。

「佐藤，茶點。」

「烘焙點心可以嗎？」

「蜂蜜堅果餅乾。」

應蜜雅的要求，我從萬納背包中取出甜餅乾，用手帕代替盤子盛裝給她。

「這種很香的味道是什麼啊？」

「不嫌棄的話請用。」

我請手裡抱著線裝書和幾根卷軸的老店主享用餅乾。

或許是對方很喜歡甜食，我獲得：「好吃。下次過來時再帶一些吧。」的感想。這大概是在暗示我同意往後再度來拜訪。

將品嚐餅乾的老店主放在一邊，我開始瀏覽他所拿出來的書籍。

——這個，莫非是……

我閱讀和書籍一起堆放的卷軸。

這些並非在基基奴店長的店內購買的「魔法卷軸」，而是附註了一些文字後捲起來保管類似筆記的東西。

線裝書裡則羅列著許多魔法咒語。

而且完全未附上希嘉國語的解說，取而代之的則是卷軸裡遺留著用來解讀咒語的指南和筆記，所以我藉此試著解讀一下。

學生時代想要修改遊戲的資料，於是我曾經從二進位碼去反組譯出原始程式。

這番令人懷念的記憶浮現在我腦中。

由於並不像聖劍的製作法那樣進行了加密，我很輕鬆就成功讀取出內容。

「這是空間魔法嗎？」

「沒錯。竟能在短時間內解讀出來啊，小伙子！」

面對我的問題，老店主微微傾頭之後拍了拍我的肩膀以示誇獎。

「真不愧是被託付靜鈴之人啊。那是某位旅行的魔術師（註：此處同原書，魔術士之意）在很久以前留下的，對方託我將這本魔法書賣給第一眼就能識破的客人。」

老店主對我述說魔法書的由來。

在意想不到的地方獲得了有用的魔法書，讓我感到相當滿足。

總算有一件禮物可以送給在房子裡留守的亞里沙。

「——對了，尤卡姆先生，後方架子上的卷軸是否出售呢？」

我指著剛才就很感興趣的架子這麼詢問。

「嗯，眼光不錯啊。那些和剛才的魔法書都是同一位魔術師拿來的。平常不對外出售，既然想要的話就賣給你吧。」

「既然如此，請務必成全！」

我的胃口讓老店主有些退避三舍，最終從他那裡買到了四根卷軸。

分別是空間魔法的「眺望」、「遠耳」和術理魔法的「透視」及光魔法的「幻影」。

老店主叮嚀我「偷窺要適可而止」，不過我無意來拿做這方面的用途。

多爾瑪似乎還想要和老店主多聊一些往事，於是我們兩人就先告辭。

按照老店主的指示，我們從出口直直前進後來到了接近大馬路的小巷裡。

「哦——原來通到這種地方啊。」

向蜜雅這麼交談的同時我回頭一望，發現那裡只有圍牆而已。

確認地圖後，這道圍牆另一端是樹木密集的數坪大的空地。

試著搜尋多爾瑪和老店主，得知店面就位於地理上頗為遙遠的場所。

「徘徊之森。」

將蜜雅單一詞彙的說明拼湊起來，我在腦中整理了一番。

據她所說，那間店是被一種名叫「徘徊之森」的精靈魔法產生的結界所保護著，倘若沒有按照正確的路線行走就會像我們剛才那樣轉移至其他地方予以排除。

看來多爾瑪那種隨心所欲的路線有其意義存在。

我懷著心領神會的心情攔了一輛馬車，踏上返回宅邸的歸途。

◆

「希莉露多雅大人不會和沒有預約的人見面。」

回程途中我發現了據說有精靈歌姬希莉露多雅小姐演出的音樂堂，於是過去看看是否能夠讓蜜雅見對方一面，但卻遭到櫃臺處的老婦人嚴詞拒絕。

「那麼，我們想要預約會面——」

「無論是上級貴族的公子或其他國家的王族，我們一概都不接受預約。想見大人的話請向公爵閣下索取『歌姬會面許可』吧。」

這是哪門子遊戲裡的跑腿任務……

我不禁要露出苦笑，但還是藉助無表情技能忍住。

「希雅，呼叫。」

「妳是什麼人？竟敢直呼偉大至高的希莉露多雅大人暱稱！」

蜜雅的話讓老婦人柳眉倒豎。

這個人與其說是希莉露多雅小姐的歌迷，應該更像狂熱的信徒吧。

而她的這番態度，也只維持到蜜雅拿下兜帽的那一刻。

「呼叫。」

「——那對耳朵，還有容貌！莫……莫非您是希莉露多雅大人的親戚！」

「嗯，蜜雅。」

面對驚訝的老婦人，蜜雅像平常那樣簡短報出名字。

之後我們就很順利地見到了歌姬希莉露多雅。

「歡迎，拉亞和莉雅的孩子蜜薩娜莉雅。我們有一百年沒見面了吧？當時那麼小的蜜雅居然已經長得這麼大，真是太好了。」

「久違。」

希莉露多雅小姐身為精靈，說起話來卻很普通。

至今遇見的蜜雅或聖留市的精靈店長都只用單一詞彙交談，所以我還以為她也不例外。

希莉露多雅小姐是位長得很像蜜雅的女孩。

除了頭髮的顏色略偏水藍還有髮型是長直髮以外，完全無法區分出兩人。她的年齡是蜜雅的好幾倍，就算和精靈店長相比也是年長者。

精靈就算年紀增長，容貌也不會隨之變老。倘若我是蘿莉控，這種特徵大概會讓我歡天喜地吧。

「好久沒有吃到新鮮的山樹果實了。」

「嗯，美味。」

吃著我所提供的水果切片，希莉露多雅小姐面露笑容。

剛才拿出來的烘焙點心和水果乾因為會對嗓子不好而遭到對方拒絕，所以我試著改成水果切片。當然，都是透過萬納背包取出來的。

「我之前接獲波爾艾南之森的元老院發來關於蜜雅妳下落不明的通知，莫非妳和這個人族私奔了嗎？」

「兩情相悅。」

蜜雅在面對希莉露多雅小姐的問題時像往常一樣裝傻，於是我便代替她說明了一番。

儘管蜜雅看起來有些不滿，但謠言就必須從根源斷絕才是。

「——太精彩了。原來是佐藤先生救出了被邪惡魔法使綁架的公主。」

「嗯，浪漫。」

說明完畢後，兩人對我的反應就如前所述。

看來希莉露多雅小姐也是滿腦子只想著戀愛。

「希莉露多雅大人，下一場公演的時間快到了……」

就在三人暢談之際，剛才的老婦人前來呼喚希莉露多雅小姐。

我們似乎聊了比想像中還要久的時間。

「唉呀，真可惜。妳暫時還會留在公都嗎？」

「嗯，還會來。」

蜜雅向依依不捨的希莉露多雅小姐這麼點頭。

「對了！這個送給蜜雅吧。」

希莉露多雅小姐從架子上取出樂器盒交給蜜雅。

「希雅！」

「這對我來說已經沒用了，蜜雅妳就拿去使用吧。」

希莉露多雅小姐用憐愛的表情撫摸樂器盒。她那包覆於長及肘部的手套之下的手在ＡＲ顯示中為「活體義肢」。

其自然的動作實在看不出和普通的手有什麼兩樣，但對於樂師身分的她來說想必遠遠還不夠吧。

「——嗯，知道了。」

稍微猶豫後，蜜雅接過了樂器盒。

讓時間逼近而焦急不已的老婦人繼續等著，希莉露多雅小姐開始向我們道別。

「有機會我們再聊聊吧。」

「屆時我會製作一些可以保護嗓子的點心。」

「呵呵，我非常期待哦。」

希莉露多雅小姐揮著戴手套的那隻手，然後走出房間。

回程的馬車上蜜雅抱著樂器盒，用單一詞彙慢慢講述希莉露多雅小姐的事情。

她當年以探索者身分在迷宮都市賽利維拉修行時似乎發生了悲慘的事件，以致於失去了一隻手臂。

蜜雅以往所認識的希莉露多雅小姐歌唱水準僅是普通，想必是失去一隻手後努力修練歌藝而終獲大成吧。

她這種不屈服於逆境的精神實在值得尊敬。

和蜜雅聊著聊著，馬車終於抵達了宅邸。

下次就和大家一起去觀賞表演吧。

◆

當天深夜，我繼昨天之後再次來到位於公都地下的迷宮遺跡。

當然，目的是為了確認獲得的卷軸。

之所以這麼晚才過來，是因為我被亞里沙和蜜雅纏著解說剛獲得的空間魔法書。

亞里沙在聽了解說後想要學會轉移的空間魔法，但似乎因為技能點數不足以將她提昇至可以使用中級魔法的技能等級，整個人悔恨地在地上打滾。

那麼，差不多該開始實驗了。

「嗯，威力比想像中還要大……」

我擺放好用來確認效果的岩石和甲冑，在被魔法欄施展出來的火焰暴風焚燒之下慢慢熔解然後被颳飛。

溫度本身比火焰爐還要低，但整體威力卻提昇了一個層次。

純戰鬥用魔法的破壞力果然驚人。

由於懶得移動所以選在較淺層進行實驗，但按照這種威力，搞不好地響和聲音都會傳遞至地面上。

這麼思考後，我便移動至中層附近的大空洞以進行其他卷軸的實驗。

每一種攻擊魔法的威力都很高，但光線魔法感覺對周邊的損害較少。

光線在減少發射數量後威力也會跟著降低，所以應該用途很廣。

和之前獲得的聚光魔法一併使用的話就可以集中成一束光線以提昇威力，還能夠應用於改變光線的軌道。

聚光魔法並非一無是處，真是太好了。

另外，魔法干擾系的「魔法破壞」實驗的次數不夠多，但感覺實在很不錯。

只不過下級還另當別論，在使用「魔法破壞」解除「火焰暴風」這樣的中級攻擊魔法時，剩餘魔力的漩渦將會在周圍亂竄，所以需要想辦法加以防禦。

根據魔法書記載，「理力結界」這種魔法是最有效抵禦「漩渦」的方法。就把這個列入必要卷軸的清單裡吧。

通信類魔法每一種都很方便。特別是「眺望」可確認遠處同伴的狀況，然後再以「遠話」進行溝通。

光是空間魔法當中的「遠話」這一項，不妨讓亞里沙或蜜雅學習一下好了。

換成具備詠唱技能的露露也不錯呢。

公都觀光

「我是佐藤。說到能在眾人的七嘴八舌當中辨別出所有發言，最有名的人物就屬聖德太子。但每次聽到這個故事時都會心想，在辨別之前先叫他們一個個按照順序說話吧。」

「主人，請看天空！」

總是沉著冷靜的莉薩指著天空這麼叫道。

從她的手指延伸出去，可見到一艘飄浮在晨靄天空上的飛行船。根據AR顯示，那似乎叫「希嘉王國硬式大型飛空艇」。

「魔物～？」

「不好了喲！有很大的落花生喲！」

小玉和波奇兩人拉扯我的袖子蹦蹦跳跳。

其他孩子們也站在沃爾果克伯爵邸的停車場，面帶驚訝仰望天空。

正如波奇所形容的，飛空艇的形狀就像在落花生的凹陷處裝上巨無霸客機的機翼那樣。

主翼的兩端裝有球狀砲塔，或許可說相當具有奇幻的味道。

根據之前在基基奴店長的魔法店購買的書籍，那似乎是仰賴一種叫空力機關的魔法裝置飛行。

「嗚哈──好有奇幻風格呢。我熱血沸騰了～」

「究竟是怎麼浮在空中的呢？」

亞里沙和露露感到相當好奇。

這兩人的故鄉好像沒有飛空艇的樣子。

「飛空艇。」

仰望天空的蜜雅這麼簡短嘀咕。或許是曾經見過，她看起來不怎麼吃驚。

「飛空──艇──？」

「就是會飛的船哦。」

「有人坐在上面嗎？」

我回答小玉的疑問，然後對卡麗娜小姐的問題表示肯定。

「好棒喲！好想坐坐看喲！」

嗯，我自己也想坐坐看。

不過那個按理來說應該是軍事用途，所以能不能搭乘還是未知數。

以「讓晚會成功的報酬」名義和公爵進行交涉也是一個辦法，但就算能夠順利交涉也不可能讓所有人上去。

可以的話，真想和大家一塊搭乘。

有沒有什麼好方法呢？造訪西門子爵邸的時候再和多爾瑪商量一下吧。

「主人，我想要那個——這麼懇求道。」

「呵呵，形狀真是可愛。」

娜娜做出將手伸向飛空艇想要將其抓住的動作。

露露說可愛，真有那麼可愛嗎？

我們雙方的感性不同，所以不太能理解。

「要不要請主人製作飛空艇的布偶呢？不但可愛而且還很柔軟哦？」

娜娜「啪」地拍了一下手轉身面對我：

「主人，能有飛空艇的布偶——這麼希望了。」

「好吧，藉這個機會，我就教妳製作的方法吧。」

娜娜還是要有個戰鬥以外的嗜好比較好呢。

「製作方法嗎——這麼詢問道。」

「嗯嗯，要是會自行製作，就可以獲得自己喜歡的布偶了吧？」

「這個！是非常好的主意——這麼讚賞主人！」

或許是很滿意我的建議，維持無表情的娜娜紅著臉不斷點頭。

和娜娜打勾勾約定完畢後，我的目光追尋著往公爵城另一邊不斷降低高度的飛空艇。

「接下來預計到平民區的大市場，不過要不要先去飛空艇起降場參觀一下呢？」

面對我的詢問，大家異口同聲地回答ＹＥＳ。

補充一下，最初回答的人並非亞里沙或波奇，而是卡麗娜小姐。

◆

大概是乘坐沃爾果克伯爵家的馬車緣故，我們得以直接來到位於公爵城後方飛空艇起降場的停車場。

據說貴族區會忌諱亞人，所以我讓獸娘們穿上較長的連帽外套使尾巴不至於太顯眼。

「周遭都是動不動就生氣的貴族，所以到外面之後不要吵鬧哦？」

「系系～」

「嘴巴拉上拉鍊喲。」

我這麼告知小玉和波奇後，兩人便閉上嘴巴做出拉拉鍊的動作點頭。

這種老掉牙的動作想必是亞里沙教她們的。

下了馬車，飛空艇的龐大體積清楚可見。

雖然很想目睹降落時的情景，但目前看來已經停船，登機梯也接上了飛空艇的中央部分。

「好大哦～這究竟有多大呢？」

「全長一百公尺左右。」

我從地圖情報計算飛空艇的尺寸後回答亞里沙的問題。

「真的假的？這麼大卻只有齊柏林飛船的一半呢。」

「妳知道的還真多啊……」

佩服亞里沙擁有豐富雜學知識的同時，我帶著大家走到飛空艇附近的隔離繩。

這裡似乎用繩子隔離出了一塊禁止進入區。

「不可以到那條繩子的另一邊哦。」

「系。」

「是喲。」

被我這麼叮嚀後，兜帽下的小玉和波奇小聲回答。

看來她們還記得我剛才的注意事項。

隔離繩前方的參觀者比想像中還多。幾乎都是貴族，但其中也夾雜身穿傭人服裝的女孩們。

不知為何，我感覺到一股等待名人到場的粉絲集團所散發的熱力。

「這不是潘德拉剛勳爵嗎？莫非是來接認識的人？」

騎在馬上這麼出聲的人是近衛騎士伊帕薩．羅伊德勳爵。

他似乎正在執行飛空艇起降場的巡邏警備任務。

「不，我第一次見到飛空艇，就好奇過來看看了。難道進入這裡要獲得許可嗎？」

「貴族就不需要了。當然，貴族的隨從也是。」

伊帕薩勳爵首先回答我的問題，在打量獸娘們之後又補充了後半句。

他看樣子並不忌諱亞人，真是太好了。

「話說回來，看熱鬧的人真多呢。」

「啊啊，那是因為——」

伊帕薩勳爵正準備告知理由之際，卻被女性的尖叫聲蓋過。

她們口中紛紛大叫「殿下」或「聖劍士大人」。

這恐怕是針對剛才出現在登機梯上的白色鎧甲美形青年吧。根據AR顯示，他的名字叫夏洛利克．希嘉。詳細情報指出他似乎是希嘉王國的第三王子。

在他身後跟著看似隨行人員的兩名騎士，還有長袍打扮的魔法使以及隨從和侍女大約十人左右。

「潘德拉剛勳爵你知道夏洛利克殿下嗎？」

「不，我不曉得。」

我老實回答伊帕薩勳爵的問題。

自己僅了解到AR所顯示的詳細情報內容，並不知道人們口中的評價。

「他是希嘉八劍的第二位，獲殿下允許配帶護國聖劍光之劍的聖劍士。」

「不是勇者卻可以使用聖劍嗎？」

察覺王子的稱號中沒有「勇者」，我不禁這麼發問。

這讓我想起在聖留市獲得勇者稱號之前，僅僅拔出聖劍就受到了傷害一事。

「嗯嗯，因為陛下可以任命聖劍光之劍的使用者。」

所謂陛下就是國王了嗎？既然如此，說不定存在著可以利用都市核的力量變更使用者的祕技。

接下來聽到的王子情報就如同八卦雜誌的內容那樣，擁有相當豐富的女性經歷。據說過去也引發了諸多問題，還是不要讓她接近娜娜或卡麗娜小姐好了。

另外，所謂希嘉八劍是希嘉王國最強聖騎士首席的八名劍士獲贈的稱號。

我向伊帕薩勳爵道謝，目光轉回王子一行人身上。

他的個性似乎很冷淡，完全不對這些少女們揮手，只是頂著一臉失望的表情。

王子從登機梯踏上通往接送馬車的地毯時，位於王子前方的侍女們一邊灑著花瓣一邊幫忙開路。

大概就像結婚典禮經常看到的那種花瓣雨吧。

忽然間，王子的目光偏向一旁。他的視線盡頭可以見到一隻從公爵城起飛的飛翔木馬。

莫非他和琳格蘭蒂小姐認識嗎？

「呀！」

急促的尖叫聲讓我回頭，只見灑著花瓣雨的其中一名侍女突然腳滑，以有失體統的姿勢跌倒在地。

所幸裙子底下風光盡露的事態得以避免，但問題在於別的地方。

她跌倒時將手中裝有花瓣的籃子拋了出去，而這個籃子如今就蓋在王子頭上。

看樣子，王子在東張西望之際被籃子直接命中了。

那美形的臉龐更增添了滑稽感。

「妳……妳這傢伙……」

「非……非常對不起！」

看似開不起玩笑的王子因憤怒和羞恥而渾身顫抖。

在他前方拚命低頭道歉的侍女我有印象。就是昨天晚餐會時幫忙我的那個女孩。

「這個無禮之徒——砍了她。」

憤怒的王子顫聲這麼下令。

——咦？真的假的？好可怕的封建國家。

我對意外的事態發展感到訝異，同時也從儲倉取出劣幣準備偷偷介入其中。

「遵命——殿下的命令是無法違抗的，抱歉啦～」

隨行的少年騎士帶著殘忍的笑容在侍女的面前舉起了劍。

我將劣幣的邊緣折彎以製造出弧形軌道，一邊評估著投擲的時機。這樣一來應該可以在不暴露我身分的情況下阻止少年騎士的暴行。

然而，折彎的劣幣終究沒有出場的機會。

「——還不住手。」

另一名年老的隨行騎士用裝備的大盾護住侍女，擋下了少年的劍。

「咦～？就算雷拉斯大人是希嘉八劍，像這樣違抗殿下的命令真的好嗎～？」

「賭上陛下出借的這個聖盾之名，我絕不容許眼前發生的殘暴行為。」

看樣子，老騎士身負著監視暴躁王子的使命。

「哼，這個老頑固。就看在勳爵的面子上放過她吧。告訴公爵，務必給予此人適當的懲罰。」

頂著無處發洩怒火的表情，王子向老騎士和從馬車處跑來的管家這麼告知。

「嘖——好不容易有機會可以殺個女孩子了——」

少年騎士發著牢騷一邊跟在王子後方。

真是危險的傢伙。前往公爵城的時候還是不要接近王子和這個少年騎士好了。

「幸好有雷拉斯先生挺身而出。」

伊帕薩勳爵這麼喃喃說道，然後從隔離繩的另一側回來。

看來他剛才也跑了出去準備救下侍女。

雖然因為王子的緣故而很想否定整個封建社會，但畢竟還是存在老騎士和伊帕薩勳爵這樣的貴族，所以還是不要一竿子打翻一船人吧

◆

欣賞完飛空艇之後我們再度坐上馬車，來到大壁門至港區之間綿延的公都大市場觀光。

我們在大壁門旁邊的停靠區走下馬車，從那裡開始徒步行走。

「好多。」

「是啊，因為正在舉辦大會，所以這裡就像一處人種的大熔爐。」

對於目睹人潮後瞪圓眼睛的蜜雅，亞里沙用從容的表情這麼評論道。

正如亞里沙以熔爐來比喻的那樣，這裡可以看到以前未曾見過的褐色皮膚人族和亞洲面孔的人族，除此以外還有各式各樣的獸人。

當然，希嘉王國面孔的人們當中也夾雜著身穿紗麗般服裝的人或打扮成近似游牧民族的異國人。

不同於寧靜的貴族區，港區即使以現代日本為基準來比較也可說是人潮洶湧。

而並非只是人多，還充斥著東南亞市場那種特殊的熱力。或許是被此影響，大家似乎都比平常更為活潑喧鬧。

「熔爐～？」

「好不好吃喲？」

「呵呵，波奇真是個貪吃鬼呢。」

小玉和波奇的發言讓露露這麼莞爾道。

「喂喂，你看那個！」

「哦？在這裡還是第一次見到啊。」

聲音中帶著喜悅的亞里沙拉住我的袖子指向一項商品。

大概是利用大河進行運輸的貿易相當興盛，商品種類也琳瑯滿目。

「雖然有點酸，不過很好吃哦～怎麼樣！回去之後就淋上砂糖和煉乳一起吃！」

瞇細雙眼望著新鮮的草莓，亞里沙一邊提出這樣的要求。

——這傢伙真是個內行人。

「美味？」

看樣子，蜜雅似乎也很感興趣。

「煉乳～？」

「因為有砂糖，所以一定很甜很好吃喲。」

奇特的發音讓小玉傾頭不解，波奇則是懷著莫名的自信猜中了正確答案。

「那麼，回去後就做給妳們吃吧。」

「太好了——！」

我這麼承諾後，年少組都舉起手來歡呼道。

將牛奶和砂糖混合在一起雖然很麻煩，不過既然有專為製作美乃滋的攪拌用水魔法就應該沒問題吧。

我們經過陳列著水果和蔬菜的角落，往乾糧區前進。

當然，一路過來的戰利品都已經收納至萬納背包。看出這是魔法道具的犯罪者好幾次過來搶奪，但都被獸娘們及卡麗娜小姐的護衛女僕們輕鬆排除。

「哦，是葡萄乾。加入起司舒芙蕾的話應該會很好吃呢。」

「嗯，無花果乾。」

果乾類似乎是平民們常吃的甜食。

話雖如此，由於價格昂貴所以能否吃得起還要視經濟能力而定。

我物色著燻魚和乾貨，買下大量的鰹魚乾和干貝等物。

帶著喜悅的表情穿過乾糧區後，我們來到了日用品和化妝用品的區域。

「是口紅還有蜜粉！」

「亞里沙妳還太早了哦。這個口紅比較適合娜娜或卡麗娜小姐吧？」

「主人，請幫忙塗抹——這麼申請道。」

「如……如果願意幫我塗口紅，那……那麼就拜託你了。」

卡麗娜小姐順著娜娜的要求一併這麼附和，可惜的是，這裡並不像現代日本那樣有化妝品的試用區，所以好像只能先買再試。

由於可以目睹害羞地閉上眼睛遞出嘴唇的卡麗娜小姐，所以有些賺到的感覺。

「主人，我可以只購買肥皂和浮石嗎？」

「這邊的芳香袋怎麼樣？甘甜的香氣聞起來很柔和，順便買一個給妳吧？」
對於正在謹慎選購生活用品的莉薩，我來購買一樣東西獎勵她好了。
「可……可是，身為奴隸怎麼可以讓您購買如此昂貴的物品——」
她在推辭的同時仍對芳香袋十分在意，所以並不像往常那樣斷然拒絕。
「莉薩妳一直都在幫忙照顧大家，這點小意思算是理所當然的報酬哦。」
我再次強調後，莉薩終於乖乖收下了芳香袋。

像這樣子和大家享受購物樂趣之際，一段聳動的對話忽然傳入我的耳裡。
「——把暗殺說得那麼輕鬆，你打得過聖劍使的王子和希嘉八劍嗎？」
「誰說要跟他們動手。當然是下毒了。」
「嗯，要是有許德拉的毒就勝券在握，可是這裡頂多只能買到——」
順風耳技能捕捉到有人要暗殺王子的計畫，但就是不知道來自人群的何處。
我進一步豎耳傾聽以鎖定位置。
結果這一次聽到了不同的聲音。
「我去犯罪公會發布委託了。乘那些傢伙引發騷動的時候，我們就把關在公爵城地下牢房的同志們救出來。」

「這樣一來，我們也可以當上幹部了——」

——這次又是在策劃陰謀。好像是另外一批人的樣子。

剛才的傢伙是犯罪公會，後者似乎是「自由之翼」的餘黨。

試著確認地圖，這附近行動中的犯罪公會成員實在太多而找不出來。對話也已經中斷，無法進行鎖定。

另一方面，餘黨很快就找到了。

餘黨的周圍有公都的衛兵們架起了包圍網，打著壞主意的餘黨就像風中殘燭那樣命不久矣。

看樣子用不著我親自出馬。公都的衛兵實在相當優秀。

「主人，那裡在販賣罕見的食物。」

聽見露露這麼呼喚，我暫時解除主選單的搜尋顯示並望向她所指的方向。

「是肉凍嗎？」

「這可是貴族大人不會食用的平民食物，你知道得還真清楚呢。我看你應該不是貴族吧？」

莫非只在平民之間普及嗎？

肉凍明明就很好吃。

「說是貴族，也只是半路出家罷了。」

我向老闆這麼笑道，然後買了大家的份試吃看看。

充滿彈性的口感很受眾人的歡迎。只要改良一下外觀和配料，感覺也能夠在貴族之間流行起來。

就在我這麼思考之際，年少組的注意力似乎轉移到了他處。

「很香的味道喲。」

「姆姆姆，這是！醬油在燒烤的味道呢。」

抽動鼻子的波奇這番發言立刻就讓亞里沙上鉤。

「就是那個哦，照燒烏賊。波奇隊員和小玉隊員，緊急前往確保嫌疑犯～」

「確保～」

「要逮捕喲。」

小玉和波奇在亞里沙的帶頭之下跑向攤車。蜜雅也被這三人吸引而跑了過去，但她應該不能吃吧。莉薩和露露也徒步跟在這些小女孩後方。

——的確很香。

我也別去擔心那些多餘的事情，專心享受公都觀光之旅好了。

「主人！」

我被娜娜這麼呼喚，同時拉住手臂。

看樣子她好像發現什麼感興趣的東西，試圖要將我整個人帶往和大家不同的前進方向。

「——主人？」

「孩子們交給妳照顧吧。娜娜的事情辦完後我馬上就回來。」

我向察覺狀況的莉薩這麼告知。有了地圖應該立刻就能會合。

由於娜娜抱住我整隻手臂拉著走，那貼在手臂上的觸感實在是美妙極了。

就這樣，我們來到有兩名鼠人族小孩所在的地方。剛好是過了大街的位置。

不，兩人行走的同時腦袋前後擺動，皮膚也很光滑，所以好像猜錯了。根據ＡＲ顯示，那是海獅人族。這兩個小孩似乎是姊妹。

「那種幼生體的動作無法計算。明明效率低落卻無法移開目光——這麼告知道。」

娜娜想看的好像就是這兩個孩子。那走路的模樣的確可以說很可愛。

欣賞一會之後就返回大家所在的地方吧。手臂雖然很幸福，但離開大家太久而讓她們操心也不太好。

如此溫馨的時光卻因不解風情的一句話而化為喧囂。

「是失控的馬！大家快閃開！」

稍遠處傳來人們的尖叫和馬的嘶叫聲，緊接著是人和物體倒下的聲響不絕於耳。

我們如今踏足大街上，於是我抱起娜娜來到路肩避難。

「主人！幼生體有危險——這麼訴說道！」

娜娜平坦的聲音夾雜著悲痛。

視線盡頭處，海獅人族的小孩正縮在四處逃竄的人們腳邊發抖著。

下一刻，有個未注意腳下的虎人族壯漢絆到海獅人族的小孩並將她們踢飛。

「幼生體！」

娜娜這麼呼喊著，從我的懷裡跑了出去。她使出一記空翻，一口氣飛越至人群的另外一端。

看來好像使用了身體強化的理術，發動的速度還真快。

另一方面，腳步踉蹌的虎人轉頭看了一眼孩子們。

可能是因果報應，東張西望的虎人就這樣被失控的馬撞上了。

劇烈碰撞後，虎人就像搞笑漫畫那樣被撞飛至人群的彼端。

雖然很在意虎人和失控的馬，但還是先去找娜娜吧。

「主人！主人！幼生體的口中吐出體液。請求展開急救。萬分火急，請緊急進行——這麼懇求道！」

面對娜娜抱在懷裡的海獅人族小孩，我透過口袋從儲倉取出魔法藥讓她們喝下。

ＡＲ顯示在海獅人族小孩身旁的體力計量表迅速就恢復至原來的狀態。

幸好趕上了。

不知為何，周遭圍觀的群眾發出了歡呼聲。

看來海獅人族非常受歡迎的樣子。難怪娜娜會被吸引。

剛才那匹失控的馬上似乎坐著「自由之翼」餘黨，衛兵很快就跑來將他逮捕。

虎人男性則渾身是血昏倒在地，但看來沒有性命危險所以被同族的男人們帶走。對方並未向兩個孩子說過一句道歉的話，我就不提供魔法藥了。

由於擔心還有其他「自由之翼」的餘黨，我再次搜尋整個公都。

除了剛才被逮捕的那些人，頂多只有被關在公爵城地牢和尖塔裡的成員。將搜尋範圍擴大一些後，我在進港中的一艘船上發現了「自由之翼」餘黨成坐在其中。

危險的恐怖分子當然不能放任不管，但要我親自動手又很麻煩——應該說就等於越權的行為。這裡就交給正職的人員好了。

「在此傳達公爵閣下的命令。」

「什麼？聲音從哪裡來的？」

我移動至小巷，用腹語術技能向站在大街上的衛兵隊長說悄悄話。

這和傳統的腹語術完全不同，但由於相當便利所以就不在意這些小細節了。

「正在進港的『解放』號上載有『自由之翼』的餘黨。立刻帶隊前往進行臨檢並捉拿這些餘黨。」

與其說半信半疑，隊長的表情更像是二信八疑。不過在我進一步強調「儘速行動」後或許覺得無法放著不管，於是就帶領幾名手下前往港口。

看起來相當優秀，接下來應該可以放心交給他們了。

「……好好喝。」

回到娜娜的所在處，只見海獅人族的小孩們在喝完魔法藥後仍繼續舔著小瓶子的瓶口。大概是因為我在魔法藥裡加入甜味所致。

見到這幅光景，我不禁想起在庫哈諾伯爵領遇見的魔女徒弟小伊。她如今想必正在老魔女的指導下積極修行當中吧。

「主人，請將這些孩子也當成我們的孩子——這麼提議道。」

娜娜兩手抱著海獅人族小孩這麼向我傾訴。海獅人族的小孩們專心舔著小瓶子，沒有絲毫的抵抗。

「不行。」

「主人，請再考慮。」

「駁回。」

儘管娜娜不斷要求，但我總不能像往常那樣心軟。

某處的鐘聲響起，娜娜懷裡的孩子們突然變得焦急，於是我命令娜娜放開她們。

娜娜有些猶豫，最後看到孩子們掙扎的模樣還是放手了。

不知為何，孩子們所前進的方向，似乎亞里沙等人也在那邊，所以我們就這樣跟在兩個孩子後方一起過去。

海獅人族來到的地方是一處聳立了七座神殿的小廣場，神官和志工們看起來正在賑濟食物。

不過重點在於——

「排隊～排隊～？」

「要好好排隊喲！不可以插隊喲。」

不知為什麼，那裡竟然可以看到小玉和波奇在整頓領取食物的隊伍。

蜜雅也在兩人身旁，卻不加入整頓隊伍的行列，而是吹著草笛好奇地眺望人群。大概是覺得排隊的隊伍很稀奇吧。

「隊伍的尾端在這裡。請拿著自己的碗排成三排。」

「那邊！要是吵架的話就到尾端重新排隊哦！」

莉薩和亞里沙似乎是負責隊伍的最後方。

海獅人族的小孩們遵循亞里沙的引導排在隊伍最後方。娜娜也想跟著一起排隊，於是我輕輕按住她的肩膀加以制止。

「唉呀，主人，娜娜找你有什麼事呢？」亞里沙問道。

「是為了保護那些孩子哦。」

我向亞里沙簡單敘述了失控馬匹的騷動。

「哦～還以為你們兩人跑去那裡玩了呢。」

要是真的這麼做，蜜雅必定會神乎其技地找上我們吧。

之前詢問蜜雅時她回答「精靈」二字，所以說不定是拜託精靈尋找的。真是很有精靈風格的奇幻世界找人方法。

「我才想問，妳們怎麼到這裡來整頓隊伍了？」

「算是自然而然吧？波奇剛才規勸一群插隊之後大吵大鬧的幼稚獸人。結果對方惱羞成怒想要打人卻被莉薩小姐她們制伏，接下來就這樣自願負責整理隊伍了。」

原來如此，我可以想像到那樣的光景。

「我懂了，不過露露怎麼會在攤位裡幫忙發放食物呢？」

「在波奇之前有供餐的阿姨出面制止那些男人，可是卻被打傷。」

雖然靠著蜜雅的魔法立刻治好傷勢，但據說對方因遭受暴力而大受打擊，於是就讓她先回家了。這樣一來人手變得不足，所以露露就自願幫忙。

「中途離開也不太好意思，所以我們想再幫忙一個小時左右，可以嗎？」

「當然。」

與當地民眾的交流也是觀光的醍醐味所在。況且露露身旁還有我認識的人。

原本想把娜娜也一併帶去露露那裡，但她一直待在海獅人族小孩身邊不肯離開，於是我就任由她行動。

「——主人！」

黑頭髮綁著三角巾的露露見到我之後露出笑容。

倘若像波奇一樣有尾巴，她大概會不斷搖著尾巴對我釋出毫無保留的喜悅。

「佐藤先生！」

接著，身穿純白巫女服的賽拉小姐從露露後方現身。

那健康的模樣實在不像昨天還是處於「虛弱：輕度」狀態而躺在床上休養。年輕真好啊。

「好久不見了，賽拉大人——」

我按捺住差點就要脫口而出「您傷勢怎麼樣了」的衝動。

「我們又見面了呢。」

賽拉百感交集地這麼開口。

那眼眸直直注視著我的眼睛不放。

——就彷彿戀愛中的少女。

「是的，畢竟我們在古魯里安市的城堡內這麼約定過。」

「……是的。」

被賽拉的氣息所感染，我的語氣不自覺變得異常感性。

或許是這個緣故，一種無法言喻的氣氛支配著現場。

不知何時靠來腳邊的亞里沙和蜜雅頂著很不甘心的「唔唔唔」表情仰望著我。

雖然對賽拉很不好意思，不過這種充滿戀愛色的氣氛就到此打住吧。

我拍了拍兩人的腦袋並轉換一下現場的氣氛：

「對了，神殿將您緊急召回的那件事情已經解決了嗎？」

「是……是的……其實那好像是誤報。」

「誤報嗎？」

「是的。」

賽拉看似難以啟齒般點點頭。

大概是將賽拉鎖定為魔王活祭品的那些傢伙搞出來的吧。

我腦中這麼想著，一邊和賽拉敘舊閒聊著

忽然間，我感覺到來自背後的視線，於是回頭望去。

在目不轉睛看著這邊的卡麗娜小姐另一側，位於賑濟攤位附近的樹林陰影處可以見到一群神殿騎士。

他們似乎在遠處戒備著。其中也有在穆諾男爵領見過的年輕男女騎士身影，至於家中遭逢巨變的肯恩．波比諾勳爵自然不在場。

由於之前才被當成魔王的活祭品而喪命，賽拉的護衛除了他們幾人之外，廣場上還有變裝為市民的公爵近衛兵在巡邏。

獸娘們在制止凶漢的時候，他們之所以沒有介入，大概是因為並未直接危及賽拉的安全，抑或是獸娘們的行動比他們還要迅速的緣故。

「賽拉大人，排隊領餐的人們還在等著哦。」

「唉呀，差點忘了呢。」

「打擾您真不好意思。我會去對面幫忙做菜，賽拉大人也請回去繼續服務民眾。」

我不願讓那些領餐的人們久等，於是催促賽拉回到供餐的作業上。

從後方眺望著賽拉和露露站在一起發放餐點的背影，實在是大飽眼福。感覺自己就像個

觀看偶像握手會的工作人員。

她們所發放的餐點是在看似海帶芽的水草湯裡放入小顆丸子之後煮出來的東西。看樣子製作丸子的人手不足，所以我便往那裡移動。

「我來幫忙吧。」

「不，我……在下不要緊。讓貴族大人幫忙實在是不……不勝惶恐。」

我向其中一名正在調理的阿姨提出幫忙的要求卻被惶恐地拒絕了。這個人的敬語有些怪怪的。

「不用擔心，士爵大人很平易近人哦。在我們當地也會親手製作糕點給城裡的孩子們享用呢。」

「既……既然碧娜這麼說，那就拜託您了？」

在參加調理的卡麗娜小姐護衛女僕碧娜介紹之下，對方終於同意讓我幫忙。

另一名護衛女僕艾莉娜則是和卡麗娜小姐一起在賑濟攤位的外圍觀摩中。就連不知道什麼時候消失的蜜雅也和她們一起坐著吹起草笛。

我向調理中的其他人簡短問候完畢便加入幫忙的行列。

「少爺，請用這個。」

一名看似年輕太太的人表示不可以弄髒衣服，同時借我一條圍裙。

她負責將魚搗成魚漿的工作看起來最辛苦，於是我和她互換。剛才還閒來無事的蜜雅也不知不覺來到我身旁看著手邊的動作。

「小姑娘，要不要來這裡一起做丸子呢？」

「嗯，要做。」

在阿姨們的邀請下，蜜雅也參加了製作丸子的作業。

「卡麗娜小姐是否要和蜜雅一起試試？」

「我……我——那個……還是不必了！」

卡麗娜小姐看起來也很想加入，但面對我的邀約，或許是因為排斥待在不認識的一群人當中所以就拒絕了。

也罷，強迫別人不太好呢。

「你這個貴族還挺有天分的嘛。」

其中一名阿姨誇獎我俐落的動作。

「不用繼承家業的話，要不要在我店裡工作？我可以把女兒嫁給你當老婆哦。」

為什麼中年阿姨總是喜歡推薦別人相親呢。

「不行。」

「「「不……不行。」」」

蜜雅和露露對「老婆」二字做出反應並出言否定，不知為什麼賽拉和卡麗娜小姐也和露露異口同聲。

「「「——咦？」」」

而這個事實不光是露露，就連兩人也嚇了一跳。

露露和賽拉雙手掩住嘴巴的驚訝模樣很可愛，不過等待領餐的人目光實在是讓我吃不消，於是便催促兩人繼續供餐作業。

卡麗娜小姐並未造成任何人的困擾，所以就讓她繼續維持吃驚的姿勢。

話說回來，賽拉和露露的組合就戀愛對象來說雖然太過年輕，但十分養眼。真希望她們在五年後能組成一支雙人組合。

唔，再加上卡麗娜小姐這位美女，三人一起組成團體或許也不錯。

話雖如此，到時候得要想辦法解決卡麗娜小姐怕生的毛病才行。

就這樣，賑濟食物的活動在頗為順利的情況下結束。

只不過中途因為肉丸子變成高級貨而導致有人大聲嚷嚷，但被莉薩瞪了一眼後就安靜下來不敢鬧事。

騷動原因果然是我這個調理等級最高的人嗎？

那個時候還被亞里沙小聲斥責：「要幫忙無所謂，你也多少放水一點吧。」唉呀，只是用搗缽製作魚漿居然還需要放水，真是一大失算。

熟悉至某種程度的技能就算關閉後效果也變化不大，若是像鍊成或調配那樣反覆使用至滾瓜爛熟地步的技能就可以刻意降低品質製作出成品，所以調理技能大概也能辦到才對。

不過，我可不希望故意把東西煮得難吃。食物果然還是要美味比較好呢。

和賑濟食物期間幫忙的阿姨們——她們似乎是住在附近的主婦或神殿的打雜人員——閒聊之際，我向她們請教了關於賑濟食物和平民區的生活。

這種賑濟活動據說是由平民區的五座神殿輪流負責，每隔一天只發放一餐，費用不光是神殿出資，還仰賴貴族和城鎮仕紳的捐款來維持。

聊到這裡的時候現場剛好有管理捐款的神官，我捐了十枚金幣後讓對方大為震驚。據說下級貴族捐款時僅需要數枚銀幣即可。

就在我回想這些事情的期間，調理區已經大致收拾完畢，於是我和大家一起幫忙將器具搬到旁邊的特尼奧神殿。

順帶一提，巫女長大人所在的特尼奧神殿位於貴族區，這裡的神殿是平民專用。

「收拾～」

「是喲。」

小玉和波奇兩人將長桌舉在頭頂搬運的模樣實在很可愛。

亞里沙則揮舞著撿來的小樹枝吆喝著「一、二」同時在前替兩人開路。

「對不起，還讓大家幫忙收拾東西。」

「不，這並不算什麼，請不用放在心上。」

明明只是和賽拉正常交談，不知為何蜜雅卻踹了我的屁股。

露露將清洗完畢後看來很沉重的深鍋輕鬆拿在手上。由於等級提昇的緣故，露露現在比普通的男性力氣更大。

「你們看那個！」

「是琳格蘭蒂大人！」

我聽見年輕的神殿騎士男女指著天空這麼大叫。

——啊啊，這一幕實在很眼熟。

輕微的既視感讓我抬頭望向天空，只見一個騎乘飛行木馬的美女身影。對方似乎正要降落在這邊。

「琳姊姊……」

賽拉像個孩童般皺起眉頭。她的這種表情實在很罕見。

周遭呼起「琳格蘭蒂」的口號，她卻很不開心地牽著我的手進入神殿的倉庫裡。其他孩子們也抱著器具急忙跟在後面。

「賽拉大人，您不用前去迎接令姊嗎？」

「沒……沒有關係。畢竟我已經離開歐尤果克公爵家了……」

我這麼出聲試圖化解一下姊妹之間的不和，但賽拉的態度相當堅決。

果然沒錯，賽拉對於自己的姊姊琳格蘭蒂小姐似乎很感冒。

「賽拉！原來妳在這裡啊！」

豪爽地推開神殿神殿聖堂側的門進入倉庫後，一身鎧甲打扮的琳格蘭蒂小姐帶著活潑的笑容對賽拉開口。

她本人似乎非常喜愛賽拉。

「上次見面時還那麼小，現在都長大了呢——唉呀？佐藤？」

正準備和賽拉敘舊的琳格蘭蒂小姐見到我之後瞪圓雙眼。

其目光往下移動，停在我被賽拉握住的那隻手。

想必是因為亞里沙和蜜雅兩人將臉湊近，用怨恨般的目光望著我們握住的手，這才會被她所發現吧。

順帶一提，除了留下來監視我的亞里沙和蜜雅兩人，其他人都已經回去繼續搬運器具了。

「佐藤，你跟賽拉的關係很好嘛？」

「佐藤先生，你和琳姊姊認識嗎？」

琳格蘭蒂小姐和賽拉紛紛以嚴厲的口吻逼問著我。

——奇怪？這種類似修羅場的狀況是怎麼回事？

面對遭到兩位美女逼問的罕見情況，有點不知所措的我仍依序回答她們。

「我在乘船旅行前往公都時，和中途上船的琳格蘭蒂大人見過面。」

「唉呀，當初明明就打得那麼火熱，佐藤先生也太客氣了點吧？」

我簡單說明後，琳格蘭蒂小姐卻用招人誤會的語氣輕聲道。

「……火……火熱？」

這麼喃喃自語的賽拉猛然對姊姊投以充滿敵意的目光，我於是急忙打斷。

「就是在船上承蒙大人一起切磋劍術哦。」

「唉呀，不是還請我享用了親手製作的料理嗎？像那種滋味只有在王城或是沙珈帝國的宮廷裡才享受得到哦。」

賽拉的視線好不容易才緩和下來，怎麼又追加了不必要的情報。

「莫……莫非是那種透明的湯嗎？」

「不，那個需要花費時間，所以並沒有製作。」

「這樣啊……」

賽拉恢復從容的表情，握住我的手的力道也略微放鬆。

「所謂透明的湯，就是祖父大人要求佐藤下次的晚會製作的澄清湯嗎？」

不不，不要扯到奇怪的事情上，到這個話題就打住吧。

儘管這麼想，但終究不能無視於她這位上級貴族的問題，我只好乖乖點頭。

「晚會嗎……」

賽拉小姐表情複雜地皺起眉頭。

她看起來很想品嚐，但由於拋棄了貴族身分所以要參加晚會相當困難。

就以朋友的立場幫她一把好了。

「下次前去探望巫女長大人時，我打算帶澄清湯過去讓特尼奧神殿的各位品嚐，應該沒有問題吧？」

「是的！我想大家一定會很高興的！」

賽拉欣喜萬分地接受了我的建議。

巫女長大人食量看來不大，若是澄清湯的話應該可以喝下才對。

這次換成被晾在一邊的琳格蘭蒂小姐有點不高興。

「佐藤，莫非你盯上賽拉了嗎？這孩子可是厭惡貴族的生活而離家進入神殿的哦？倘若你想把賽拉當作自己飛黃騰達的工具，我一定會全力將你排除。」

「琳姊姊！」

賽拉柳眉倒豎，出言牽制琳格蘭蒂小姐。

姊妹爭吵的情況非我所願，因此我向賽拉微微一笑後澄清琳格蘭蒂小姐的誤會。

「琳格蘭蒂大人，這點您不用擔心。我和賽拉大人之間只是朋友般的往來，並未抱持那樣狂妄的願望。」

順便還補充了一句「我並不希望飛黃騰達」。

「是嗎……那就好。」

她好像還不太能接受的樣子。應該是情感上仍無法妥協吧。

賽拉聽到「朋友」二字後看似很開心地露出害羞表情。身為公爵的孫女且被選為「神諭的巫女」，對她來說「朋友」或許是很遙遠的存在吧。

「總之就姑且相信你。對了，你是在那裡和賽拉變得這麼親近的？」

「賽拉小姐前來視察穆諾男爵領之際命令我擔任嚮導，所以有這個機會親近大人。」

琳格蘭蒂小姐和賽拉喃喃唸著「親近」這個字。

口中說出同一句話，兩人的反應卻略微不同。

賽拉小姐看似很開心的樣子揚起嘴角，琳格蘭蒂小姐則是流露出母犬在保護幼犬那樣的警戒心。

嗯，用詞是不是應該委婉一點比較好呢？

「賽拉大人，不好了！殿下！夏洛利克殿下駕到了！」

我心中這份小小的懊悔，被衝進房間的女神官這番話驅散。

那個危險的王子找賽拉做什麼？

她的女性關係似乎很複雜，讓我有些擔心。

公都的騷動

「我是佐藤。以前看過的社會寫實漫畫當中有一句：『絕對的權力會扭曲人的個性。』這句話異世界的某些場合裡似乎也適用。」

「我來應付殿下，賽拉妳就在這裡等著。」

「不，我也要去。」

琳格蘭蒂小姐準備代替賽拉受過，但賽拉卻彷彿在賭氣些什麼，不願意乖乖接受對方的保護。

由於賽拉似乎不願放開我的手，我只得一起走向通往聖堂的門。

在這之前我先指示亞里沙和蜜雅兩人與莉薩她們會合。

或許是時機不湊巧，我們與前往接待室途中的王子一行人在聖堂碰個正著。

和王子在一起的只有少年騎士與一名侍從。負責制止王子的大盾騎士似乎不在。

「夏洛利克殿下竟然會踏足神殿，真是稀奇呢。」

「琳！騎乘那匹飛翔木馬的人果然是妳嗎？」

一臉厭惡的琳格蘭蒂小姐和喜形於色的王子表情落差真大。

「殿下，請不要直呼我的暱稱。」

「為什麼？叫自己未婚妻的名字有何不妥？」

「是『前』未婚妻。我在離開王國之前已經獲得陛下的許可。」

原來如此，是對王子不當的女性關係感到厭惡了嗎？

另一方面，王子大概對琳格蘭蒂小姐還不死心吧。

「那只是妳單方面的毀約，我不記得曾經答應過。現在我已經處理掉那些庶子，優琳和德梅堤娜也表示很歡迎妳，所以完全沒有問題。」

怎麼回事？在旁邊聽著聽著總覺得問題很大。

應該說，不要用「處理」這種恐怖的字眼好嗎？我可不想見識權力者的那種黑暗面。

「難道您忘記自己對別人家出嫁前夕的新娘子出手，導致一個伯爵領差點叛離王國的事實嗎？」

「拉澤娜的事已經解決。嘮叨的伯爵也換人了。」

王子露出一切解決的微笑，好可怕。

該怎麼說，作為一個人彷彿是欠缺了某些東西。

「——那麼，您今天前來神殿有何貴幹呢？」

從剛才就一直不悅地看著王子的賽拉這麼插嘴道。

「妳這無禮之徒——」

王子的拳背掃向賽拉的側臉。

「呀！」

沉重的「砰咚」一聲響與賽拉的尖叫重疊在一起。

——當然，在一旁的我必定會出手保護賽拉。

覆蓋魔法金屬手甲的王子拳頭被我的手掌接下。

老實說，王子手背的一拳完全沒有放水。

若是普通女孩子無疑一拳就會被打斷頸椎骨立刻死亡，就算是等級高達三十的賽拉也必定會受到重傷。

「殿下！」

琳格蘭蒂小姐逼近王子，但他卻用一隻手制止對方轉而瞪著我。

「不僅插嘴我和琳的對話，還碰觸王族的玉體，這些賤民簡直死不足惜。」

哇啊！我還是第一次被人當面叫賤民。

「動手。」

「是～！這兩個人都可以解決掉吧～」

少年騎士拔劍襲來。

居然想在神殿動刀殺人，很難想像這些傢伙是居住在一個神真正存在的世界裡。

「住手！」

「抱歉～這是殿下的命令～」

少年騎士無視於琳格蘭蒂小姐的制止，將拔出的劍刺來。

憑藉我的公開等級要解決掉少年騎士自然沒問題，但如果被視為對王子刀刃相向就有點麻煩了。

還是按照日本人的行事風格專心防守吧。

我將賽拉護在身後，透過萬納背包從儲倉取出濕毛巾迎擊少年騎士襲來的劍。

這是我昨天洗澡用過之後忘記拿去清洗的。

「什麼？那是什麼魔法道具？」

「只是毛巾而已哦。」

「──毛巾？竟……竟敢愚弄我！」

我明明就老實回答了少年騎士的問題，對方卻不知為何激動得像狂戰士一般發動攻擊。

真讓人搞不懂。

「我說住手。」

琳格蘭蒂小姐的劍這時加入了戰局。

得救了。幸好趕在我愛用的毛巾被割破之前。

「嘖！插手別人的戰鬥也太不解風情。不過要是能夠和「天破的魔女」交手，像那種小嘍囉稍後再收拾也無妨。」

少年騎士舔著嘴唇這麼開心道，但我想他大概挑錯對手了。

果真如我所料，少年騎士過不了幾招便落於下風，劍被折斷掉落在聖堂的地板。

「——妳想做什麼？」

「我才想要問你。不僅想殺我妹妹，居然還打算一併殺死我這位保護她的弟子。難道你這一次要讓歐尤果克公爵領叛離希嘉王國嗎？」

面對質問我們是何居心的王子，琳格蘭蒂小姐用極為諷刺的語氣批評對方。

「這傢伙是妳的妹妹？真是個不起眼的無趣女孩。像這種女孩非娶不可啊——」

「你說什麼？你瘋了嗎？」

聽了王子的爆炸性發言，琳格蘭蒂小姐回以可能會吃上不敬之罪的這句話。

或許是無法跟上事態的變化，賽拉只是抓著我的衣袖傾聽兩人的對話。

「我當然沒瘋。我得迎娶三公爵的女兒並登上至尊的地位才行。」

「莫非你打算篡奪王位嗎？我想大家應該都公認，文武兼備的索多利克第一王子才是王位繼承人哦？」

「篡奪？哼！看來妳也只是空有才智罷了。」

王子一副不屑的樣子嘲笑發怒的琳格蘭蒂小姐。

「妳知道神諭分散在複數神殿的意義為何嗎？」

哦？王子知道其中的原因嗎？

王子自信滿滿的這句話讓琳格蘭蒂小姐心神動搖。

「你在說什麼——」

「不久後『大亂世』即將開始。就像王祖大人和沙珈帝國的初代勇者當初建國時一樣，波瀾萬丈的時代就要來臨了。」

王子像個演員一樣滔滔不絕說道。

琳格蘭蒂小姐似乎被對方的發言所震懾，整個人動彈不得。

總之像「大亂世」或者「波瀾萬丈的時代」之類的，請不要胡亂豎起這種聳動的旗標好嗎？

「而擊敗魔王，度過那個動亂時代並建立新的王國——不，是集合所有人族建立全新帝國之人，就是我夏洛利克．希嘉了。」

這個國家的人沒有中間名，所以要是姓氏太短說起來就缺少氣勢。

「琳！拋棄沙珈帝國的勇者回到我身邊吧！乘現在我可以忘記過去的事，爽快地迎接妳的回歸！」

王子表示暫時不追究過去，希望和琳格蘭蒂小姐重修舊好。

相較於熱情的王子，琳格蘭蒂小姐的視線冰冷得足以凍結爐火。

就在琳格蘭蒂小姐準備開口用辛辣的言詞打擊王子之際，雷達上的光點突然增加。

除了原本就存在的王子和少年騎士，又另外增加了十個光點。

神殿前的廣場上七個，特尼奧神殿後方有三個。

根據地圖搜尋的結果，前者為「自由之翼」的餘黨，後者則是暗殺公會「豬爪」的成員。

前者大概是乘船而來的幾人。我心想衛兵出了什麼事而確認船隻後，發現餘黨和衛兵們正在展開激戰。

真是的，拜託不要在兩個地點同時引發事件啊。

「賽拉大人！有賊人接近——」

衝進聖堂的神殿騎士見到此處離奇的狀況後忘了要說下去。

餘黨和神殿騎士在神殿外交戰，殺手們正從神殿後門入侵當中。

我家那些孩子門們並未加入戰鬥，而是往神殿的倉庫移動準備與我會合。

這裡有高等級的琳格蘭蒂小姐和王子，所以擊退敵人的任務就交給他們，我還是帶著賽拉與大家會合好了。

「琳格蘭蒂大人！賽拉大人交給我保護，請您前去討伐賊人！」

「真沒辦法——」

琳格蘭蒂小姐將魔力注入斗篷下看似護符的物體，激發了「箭枝防禦」和「身體強化」的支援效果。

好像是非常方便的魔法道具。

其中一名神殿騎士從聖堂的入口被丟了進來。

那猛烈的力道就像被砂石車撞上一般。

——GROOROOWN。

咆哮著出現於入口的，是一隻頭上長有觸手的彪形大漢魔族。

儘管是只有三十級的下級魔族卻擁有「伸縮」、「鋼身」、「再生」這些種族能力。以普通武器近身戰鬥的話相當不利，要是有王子的聖劍或琳格蘭蒂小姐的魔法就從容多了。

這隻魔族的後方又飛進了好幾隻銀色機械般形狀的羽蟲。

我將目光轉向神殿的入口處，另一隻下級魔族在神殿外頭，羽蟲就從那鳥巢般的腦袋產生出來。

對方似乎擁有「生產」、「防禦壁」的種族能力以及「雷魔法」和「指揮」技能。

「找到了！賽拉公主！只要擄走那女孩，無論是救出同志或讓魔王陛下復活都是手到擒來！周圍的小嘍囉就交給轉生為魔族的前同志吧。」

魔族後方出現一名知識分子打扮的紫袍男人用解說的口吻透露目標為何。

真是個好心的傢伙。待會對他下手輕一點好了。

「主人！請下達指示！」

莉薩從通往倉庫的門中探出臉來。

沒有貿然衝出來實在很聰明。

「妳和我一起保護賽拉大人。賽拉大人，失禮了。」

我用公主抱的方式抱起賽拉，往倉庫走去。

「她跑了，快追！」

「我會讓你們如願嗎？」

「追上去就對了！」

琳格蘭蒂小姐一劍將追趕我們的餘黨變成遺體。

「——雷之大劍？難道是『天破的魔女』嗎？勇者的隨從為何會在這種地方？」

見到琳格蘭蒂小姐的魔劍發出紫電，知識分子餘黨露出恐懼的表情。

雷擊從琳格蘭蒂小姐的劍上撲向知識分子餘黨，但卻被他身後闖入的大猩猩肌肉男代為擋下了。

牽制王子的那些男人也被王子和少年騎士斬殺後倒臥在血泊中。

這邊的人實在是殺人不眨眼呢……

儘管覺得有些噁心，我還是繼續抱著賽拉衝進倉庫裡。

雷達捕捉到銀羽蟲從後方追來。銀羽蟲的等級只有十五，所以就交給同伴們吧。

「莉薩！躲進倉庫內打倒那些羽蟲。」

「知道了！」

追來的銀羽蟲有五隻，要讓莉薩一人對付稍微多了點。

「小玉和波奇兩人鎖定一隻，娜娜負責保護其他孩子。」

「了解~？」

「知道了喲！」

「是的，主人。」

舉起武器的獸娘們往銀羽蟲跑去。

「我……我也可以戰鬥哦！」

「那麼，卡麗娜小姐麻煩也負責一隻。」

我迅速分配一隻給卡麗娜小姐。以她的等級來說不可能打倒，但有了拉卡的鐵壁防禦應該可以從容爭取時間才對。

放下賽拉的同時，我在身後從儲倉取出石子投擲出去，擊穿沒人應付的兩隻。

被我的石子直接命中的兩隻爆裂開來，殘骸散落在周圍。

之後打掃起來應該會很累。

「賽拉小姐，請待在娜娜的身邊。」

「好……好的。」

娜娜將萬納背包裡取出的箏形盾裝備在手臂上。

這是因為平常的大盾體積太大而無法放入萬納背包。

「亞里沙，拿著這個！」

「OK！」

卡麗娜小姐將胸前取出的「封魔之鈴」丟給亞里沙。

接過之後的亞里沙搖晃帶有魔力的藍光鈴鐺，銀羽蟲的動作立刻變得遲鈍。

「佐藤。」

「主人，有新的敵人！」

蜜雅和露露的提醒讓我回頭一望，只見入口站著一名有兩隻銀羽蟲保護的男人。是剛才代替知識分子餘黨被雷擊燒灼的肌肉男餘黨。

「不會吧！竟然無效！」

亞里沙突然這麼驚叫。

恐怕是有人對肌肉男餘黨以無詠唱的方式施展了精神魔法吧。

「亞里沙，妳跟蜜雅一起躲在娜娜身後──」

我這麼命令兩人，同時站在娜娜的前方告知肌肉男餘黨的實體。

「──那是魔族。」

我的這句話就像扣了扳機，男人的身體呈爆發性膨脹，在巨大化的同時將聖堂與倉庫之間的牆壁粉碎，化為石材和塵埃散落四周。

根據AR顯示，那似乎是四十五級的中級魔族。模樣就像一頭站立起來，擁有淡紫色皮膚的公牛。

一手拿著從萬納背包取出的妖精劍，我漫不經心地走向魔族。

魔族用鼻子哼了一聲，嘴巴半開呼出的氣息中途變為紅色火焰以牽制我方。

──GELWBAOOOWN。

伴隨魔族的吶喊，其周圍產生出好幾團火焰。

不好意思，我可不打算讓你發射。我立刻從魔法欄選擇「魔法破壞」瓦解火焰。

面對準備防禦的魔族，我就這樣動作輕浮地將對方的腦袋連同手臂一併砍下。

簡單得令人錯愕，魔族就這樣化為黑色粉塵混在塵埃中消失了。之後僅剩「使用過的長角」這項物品和低等級的大顆魔核。

「咦？魔族這麼簡單就解決了？」

「那種魔族之前曾經交手過，只是欺敵用的小嘍囉。外表雖然可怕，卻是小嘍囉當中的小嘍囉。」

我透露對方是外強中乾的敵人後，賽拉也點頭看似理解。

「主人，這邊已經結束了。」

莉薩前來報告。看來她們早早就消滅了銀羽蟲。

「禮服有些破損了呢。」

『抱歉，卡麗娜小姐。我似乎將防禦範圍縮得太小了點。』

卡麗娜小姐的裙子邊緣留下了數公分的割痕。

「回房子裡我再幫您縫好。」

護衛女僕碧娜這麼安慰著沮喪的卡麗娜小姐。

「波奇不要緊～？」

「這個不算什麼喲。」

「治療。」

回頭望去，手臂受傷的波奇正在接受蜜雅的治療。

我走到波奇身邊，盯著她的臉：

「妳沒事吧，波奇？」

「是喲。是粗心大意的波奇不好。回到房子之後要更努力修行喲。」

「小玉也要修行～？」

「嗯，真了不起。」

我摸了摸波奇和小玉的腦袋，然後站了起來。

波奇對付銀羽蟲會受傷實在出乎我的預料。剩下的敵人由我來收拾好了。

「主人，要前往另一邊幫忙嗎？」

「不，就待在這裡吧。我們過去也只會礙手礙腳。」

我將妖精劍收進萬納背包，改取出短弓和廉價的石箭。這是用來狩獵小鳥時相當便利的低殺傷力弓箭組。

我指示莉薩她們戒備另一方向的出口，然後拿著弓前往確認聖堂的狀況。

透過雷達可以得知，琳格蘭蒂小姐和王子還在與下級魔族戰鬥中。

這也難怪，畢竟我們離開現場至今還不到一分鐘。

飛舞於聖堂天花板的銀羽蟲源源不絕地襲擊，導致這兩人都無法專心與面前的魔族戰鬥。

再加上琳格蘭蒂小姐並未穿著鎧甲，為了抵擋變幻自如的觸手攻擊似乎在揮劍的同時一邊以詠唱速度較快的魔法打倒銀羽蟲。

從聖堂天花板角落探出臉來的兩名殺手正用十字弓對準了王子，於是我快速瞄準他們發射短弓。

中箭的殺手從天花板墜落，消失在地板附近揚起的塵埃之中。

順風耳技能捕捉到兩次骨頭折斷的清脆聲響。從他們的體力計量表減少速度來看應該沒有性命危險。

學不會教訓的兩人又想用吹箭狙擊王子，所以我擲出腳邊的廢料將男人們打昏。

我並沒有理由要保護王子，但要是讓王子死在特尼奧神殿，而給賽拉和巫女長造成麻煩也挺傷腦筋的。

察覺被我救了一命後，王子在架開鳥巢頭魔族的攻擊同時扭曲嘴角。

我不會以此要脅，請趕快打倒魔族吧。

反正箭還有很多，就幫忙一下好了。

要打倒很簡單，不過這就花點心思射穿銀羽蟲的翅膀好了。

儘管銀羽蟲的動作就像布朗運動一般沒有規則，但在轉換方向之際會靜止約零點一秒，所以瞄準起來很簡單。

我接連狙擊牠們並射落在地。

搖搖晃晃地回到戰場上的少年騎士，用被削短的祕銀合金劍逐一刺向在地面掙扎的銀羽蟲使其喪命。

偶爾有銀羽蟲伸出刀刃般的翅膀進行反擊，被擊中的少年騎士變得滿身鮮血。

原本打算之後把擊落的銀羽蟲給我那些孩子提昇等級之用，幸好沒有這麼做。

「幹得好！沒有小嘍囉礙事的話就輪到我出馬了！讓你見識聖劍的威力吧。」

誇獎少年騎士後，王子對聖劍光之劍注入魔力一邊大叫。

──廢話少說，請趕快打倒敵人吧。

如螢火蟲般發出淡淡藍光的聖劍一擊破壞了鳥巢頭魔族架起的魔法障壁。

「不愧是魔族！竟然能抵擋聖劍的一擊。」

王子佩服地這麼叫道，同時將砸下的聖劍向上劈砍。

鳥巢頭魔族樹枝般的手臂交叉在一起擋住了聖劍。

細小的樹枝在聖劍的劈砍下七零八落，然而擋下聖劍的手臂卻未被砍斷，反倒是聖劍被對方纏住了。

莫非聖劍光之劍比其他的聖劍還要弱嗎？

搞不好是因為沒有「勇者」稱號而無法完整發揮出聖劍的威力吧。

另一方面，琳格蘭蒂小姐利用產生小爆炸的魔法彈飛那些襲來的觸手，然後乘隙以帶有魔刃的魔劍砍下了魔族的腦袋。

「琳！不要大意！還沒結束！」

我出聲叮嚀準備前去支援王子的琳格蘭蒂小姐。

由於無暇唸出長串的名字，所以就改用了暱稱。希望她能見諒。

我發射短弓，將腦袋掉落地之後仍想要砍斷琳格蘭蒂小姐腿部的淺灰色觸手釘在地面。

琳格蘭蒂小姐憑藉魔劍的連擊消滅掉失去腦袋後繼續襲來的魔族身體，然後順勢將魔族的腦袋連同聖堂的地板一併砍成兩半，使其化為黑色粉塵。

「謝謝你，佐藤。看來你那邊也結束了呢。」

「是的，似乎是這樣子。」

琳格蘭蒂小姐向我道謝，瞥了一眼王子後宣告戰鬥結束。

我一邊回答，同時射出最後一箭。

箭枝掠過王子的臉頰往背後飛去。

「你這賤民，做什麼——」

王子的怒罵隨即被後方傳來的殺手呻吟聲打斷。

這個殺手是第三人。位在附近的神殿騎士急忙動身逮捕殺手。

「不好意思，殿下。由於情況緊急，所以沒有時間向您出聲。」

「哼，不愧是琳的弟子，身手似乎還不錯。讓我臉頰受傷的懲罰，就用對你的獎勵來抵銷吧。」

「感謝寬宏大量的殿下如此用心良苦。」

我以恭敬的態度面對王子的發言。

原本我就不期待他的獎勵，所以沒有問題。

「這個也賞你吧。」

王子撿起腳邊掉落的魔核向我拋來。

希望這個朝我臉部丟來的動作只是偶然而已。

「琳，剛才的事我們到公爵城再好好談談。回城裡之後就到我的房間來吧。」

我輕鬆接住後，王子看似索然無味地轉過臉去，單方面這麼告知琳格蘭蒂小姐後便離去了。

……你不管賽拉了嗎，王子？

「真是個笨蛋。我怎麼可能會去呢。」

盯著王子離開的那道門，琳格蘭蒂小姐口中嘀咕道。

我收集留在地面的短角，加上手邊的一根總共三根一起塞給了琳格蘭蒂小姐。

這是為了掩飾中級魔族掉落的那個長角。

因為不便讓她知道我所打倒的是個中級魔族。

「琳格蘭蒂大人，請將這個轉交給公爵閣下。」

「唉呀？怎麼不像剛才那樣叫我『琳』呢？」

琳格蘭蒂小姐挑逗地這麼輕聲細語，同時用手指撫摸我的下巴。

看來她記得很清楚。

「剛才真是失禮了。當時情況緊急還請恕罪。」

「是的，的確是得救了。說得也是，不能這麼挖苦救命恩人呢。不過你可以叫我『琳』無妨哦。當然，你的實力得要先勝過勇者準人再說。」

我回答浮現出頑童般笑容的琳格蘭蒂小姐「那大概要很久以後了呢」，然後朝著倉庫入口處探出臉來的眾人招手。

已經安全了，麻煩的王子也都消失，我們也別繼續叨擾這裡趕快回去吧。

可以的話真想讓同伴們接受「特尼奧神殿的洗禮」以滿足「復活的祕寶」使用條件，但這種狀況下提出要求也不太自然，就留待下次再說吧。

在道謝後的賽拉目送之下，我們離開了平民區的特尼奧神殿。

◆

或許因為剛才的魔族騷動，大街上的許多露天攤販都早早打烊，於是我們也決定移動到其他場所。

我說服依依不捨的娜娜讓海獅人族的小孩們回去。為了答謝孩子們陪伴娜娜，我還送給她們美味的餅乾。

接著，我們搭乘馬車移動至位於貴族區和商業區中間的博物館。

博物館對面的音樂堂也在選項之內，但多數表決時支持博物館的人較多。

這裡可以算是貴族區，不過博物館只要儀容整齊的話就算是平民也可進入。

當然，也沒有針對亞人的入場限制。

不過要安心參觀的話，可能得顧及他人的感受。

「大和～？」

「是王喲。」

穿上連帽外套隱藏了尾巴及耳朵，小玉和波奇唸出博物館入口的牌子。

整個博物館是由連接主廳的三個區域構成。其中最寬敞的區域似乎正在限期舉辦名叫「王祖大和展」的展覽。

「那邊很多人呢。」

正如亞里沙傻眼嘀咕的那樣，限期舉辦的王祖大和展就就像主題樂園的熱門遊樂設施一般人潮洶湧。

「是啊，好像也沒有快速通行票的制度，我們從其他區開始逛起吧。」

「贊成。」

「好喲。」

場地似乎規劃好了動線，我們於是決定按順序參觀。

最初來到的是動物標本和骨骼標本區。

珍貴的標本被隔離在玻璃的另一端，至於那些在公都附近製作，並未被嚴加保護的動物標本，牌子上則寫著可以用手觸摸。

「很危險喲！這裡有波奇擋住，大家趕快先走喲！」

「接下來讓妳久等了～」

「波奇，我們先去打倒魔王等妳過來哦！」

妳們幾個，安靜點參觀吧。幹嘛要即興演出呢。

還有小玉，不是「讓妳久等」而是「交給妳了」才對吧。

「主人，這個不會動嗎？」

娜娜指著的動物標本是一種介於小隻翠鳥和松鼠之間的動物。

「嗯，畢竟是標本啊。」

要是變成不死生物的話似乎就會動起來了。

「哇啊！主人請看！這個好可愛。」

這麼呼喚我的露露要可愛了好幾倍。

「很奇妙的生物呢？以鳥類來說翅膀好像小了點。」

「企鵝。」

露露、莉薩和蜜雅觀看的是企鵝的標本。

看來異世界裡也存在著企鵝。但願那不是企鵝人族的標本。

話說回來除了我們幾個以外都見不到其他人。就算冷清也該有個限度。

雖然氣氛基本上就和日本的博物館沒有兩樣，但由於擺放的標本裡包含了魔物，所以具有十足的震撼力。

「好像就要撲過來咬人。」

「迫力～？」

「這個是標本，所以波奇不害怕喲。」

或許是厭倦了演戲，獸娘們在巨大的城虎標本面前各自交換著感想。

——對了。

「波奇，過來一下。」

「好喲。」

我抱起搖搖晃晃走來的波奇，將她靠向面貌猙獰的魔物嘴巴。

「這樣子波奇也不會害怕喲。」

波奇的表情很從容。

「我要……把妳……吞下去。」

我用腹語術裝出怪聲戲弄著波奇。

波奇的從容感瞬間消失，開始在我懷裡掙扎。

「不……不行喲。波奇一點也不好吃喲。」

「肉……美味。」

「肉不好吃，波……波奇不是肉喲。所以不可以吃掉喲。」

見到真心害怕的波奇，我於是中斷腹語術並向淚眼汪汪的她揭曉謎底。

「抱歉，波奇。」

「主人好過分喲。波奇很害怕喲。」

看來玩笑有些開過頭了。

亞里沙對波奇說了悄悄話。似乎在提供什麼餿主意的樣子。

「要求謝罪和賠償喲。」

「那麼，賠償果然還是要用肉類料理嗎？」

我這麼提出後，波奇立刻兩眼發亮肯定。

當然，小玉和莉薩也以超快速度投來銳利的目光。

「很高興喲！波奇想要漢堡排喲！」

「昨天才吃過，一樣的東西可以嗎？」

「漢堡排不算正餐，所以沒問題喲。」

表達方式有些奇怪，不過我就不特別去吐槽。

由於沒什麼人反對，晚餐就決定吃漢堡排。當然，蜜雅則是預計幫她製作豆腐漢堡排。

大家這麼聊著聊著，這次移動到了民族服裝區。

陳列的多國服飾當中可以見到護士服或奧黛風格的服裝。不知為何，居然連兔女郎裝都有。真想讓娜娜或卡麗娜小姐穿穿看。

遺憾的是並沒有發現哥德蘿莉服或女僕裝。

將服飾傳來這個世界的日本人，嗜好似乎挺偏頗。

「主人！快過來這邊！」

站在奧黛前想著這些事情之際，已經走到前頭的亞里沙在通道的另一端呼喚我。

到那裡一看，只見同伴們都身穿著和服。

「佐──潘德拉剛勳爵，我……我這樣好看嗎？」

「是的，非常合適哦。」

「在下～」

穿上新撰組風格外套的卡麗娜小姐用彆扭的姿勢詢問，我於是客套地稱讚她。

「在下是～喲！」

與卡麗娜小姐相同打扮的小玉和波奇手中拿著仿日本刀的木刀擺出架勢。似乎還綁上了日式頭巾以掩蓋耳朵。

「與其說是新撰組，那比較像鞍馬天狗吧。」

──抱歉，亞里沙。那個典故太久遠，我聽不懂哦。

我露出微妙的日式微笑忽略了亞里沙的發言。

「話說回來，那不是展示品嗎？」

「不是哦。是在那邊的禮品區買的。」

原來如此，的確有許多東西在販賣。我也前往禮品區物色扇子之類的小東西。這很適合在寫信給聖留市的潔娜時一併附上給她。

「你看你看！還有髮簪！……要不要買一個呢～」

「亞里沙，胡亂花錢很不好哦。」

莉薩這麼告誡看著髮簪一臉煩惱的亞里沙。

「妮娜女士發了不少薪水給我，所以沒問題！」

「奴隸的隨身物就是主人的物品。不可以隨意破費。」

莉薩口中的「奴隸的隨身物也是主人的東西」好像是希嘉王國相當普遍的觀念，但對於具有日本人感性的我來說實在格格不入。

「莉薩，零用錢的話就讓各人隨意使用吧。」

「是的，既然主人這麼說……」

莉薩表情複雜，但還是沒有反駁而停止了爭論。

畢竟購買自己喜歡的東西，可以藉此培養金錢觀念呢。

禮品店的對面有日本刀的展示區，不過好像被當成了「過去的武器」。不適合用來對付魔物的纖細日本刀似乎並未成為普及的武器。

「——真漂亮。」

這番喃喃自語讓我投去目光，只見兩名眼熟的男女正在欣賞展示的日本刀。

是參加過武術大會預賽的沙珈帝國出身武士，卡吉羅先生和使用長卷的女武士兩人。

「啊！是武士大人喲！」

波奇不小心冒出的聲音吸引兩人回頭。

「唉呀？居然有兩名小小武士。」

「真是器宇軒昂。」

見到扮裝後小玉和波奇，女武士與卡吉羅先生浮現出微笑。

「我的同伴失禮了。」

「不，無所謂。話說回來，沒有帶刀卻能看出我們是武士呢。」

我為波奇的不禮貌發言致歉後，卡吉羅先生以不符那嚴肅表情的笑容表示諒解。

「看了比賽～？」

「很強喲。」

「是嗎是嗎。」

卡吉羅先生看來很喜歡小孩，在獲得小玉和波奇的稱讚後放鬆了表情。

「波奇也想變得那麼強喲！」

「小玉也是～？」

蹦蹦跳跳的小玉，綁著的頭巾忽然就這樣脫落。

小玉急忙用手按住，但貓耳已經被正前方的卡吉羅先生目睹了。

「貓耳？莫非是耳族嗎？」

「……系。」

面對卡吉羅先生訝異聲，小玉欲哭無淚地小聲肯定。

「啊啊，抱歉。我並不是在責備妳們。因為我在沙珈帝國的耳族保護區之外從來就沒有看過其他耳族，所以有些驚訝……」

哦？居然有保護區這種東西？

在迷宮都市修行完畢後，去那裡找一下波奇或小玉的同族也不錯。

「對了，這位貴族少爺。我有一個提議——」

我在報上名字之後聽取了他所謂的提議。

「——武術指導嗎？」

「嗯嗯，沒錯。從她們單手輕易揮動沉重木刀的模樣看來，這些孩子應該已經有相當的等級了吧。不過她們的腿部動作卻看不出受過正式訓練的樣子。既然是被稱為戰鬥民族的耳族，我們流派非常樂意給予指導。」

畢竟也得賺一下盤纏呢——卡吉羅先生這麼笑道。

他們似乎是在前往迷宮都市賽利維拉的途中一邊展開武者修行。

而且由於大會中損傷的武器正在修理，所以無法承接消滅魔物或護衛任務賺錢。

剛好我也在幫獸娘們尋找老師，算是順水推舟吧。於是我配合卡吉羅先生的提議，簽訂了逗留於公都期間的雇用契約。

在獲得前伯爵許可之前先請他們過來房子裡指導，待許可下來之後就讓他們住進房子裡的空房間。

博物館內告知時間的鐘聲響起，卡吉羅先生他們告知一聲「大會決戰即將開始，今天就先失陪了」然後離去。約定指導的時間是從明天開始所以沒有問題。

和卡吉羅先生一樣前來打發時間等待大會開始的訪客似乎不少，之前還擠得水泄不通的王祖大和展會場也變得空蕩蕩。

「以前這裡曾經是王都呢。」

露露看著牆上的希嘉王國年表這麼喃喃說道。

「遷都～？」

「很難懂喲。」

我告訴小玉和波奇兩人「遷都」的意思為何。

上面寫著希嘉王國當初在這個公都建國，而搬遷到現在的王都所在處之後就換成第二位的仁王夏洛利克一世即位。名字和那個第三王子相同卻差了很多。

我們循著按年代別排列各種展示物的動線前進。

「啊！這個我知道。是狂王加爾塔夫的亞人戰爭圖。」

亞里沙指著一幅繪有各種外型的亞人與人族相互廝殺的圖畫。據說她的祖國也掛有相同的複製畫。

四百年前好像發生過大規模的亞人迫害事件，和位於希嘉王國東部及北北西的亞人諸國之間進行了大規模的戰爭。

在無關魔王或魔族的戰爭中，這是過去千年以來死傷最慘重的一次，據說最後甚至驚動了沙珈帝國的勇者和精靈們出面收拾事態。

這張畫是在狂王之後即位的希嘉王國中興之祖，賢王札拉時代所繪製的，似乎是為了將過度迫害招致悲劇的教訓傳達給後世。

儘管迫害和歧視如今依舊根深蒂固，但已經不再像當時那樣僅僅因為亞人身分就遭到殺害，或許可以說改善了許多吧。

欣賞了連續好幾張殺氣騰騰的繪畫後，立在牆邊的一幅畫映入我的眼簾。是在山丘上繪有一道門的簡單圖畫。

——哦？

出於好奇注視了一陣子後，畫中的門忽然開啟，一個小女孩探出臉來對我揮手。油畫居然會動，真是太有奇幻風格了。

我跟著揮手回應之後，小女孩顯得很高興。實在太有互動感。

畫中的女孩不斷在招手。

我不自覺地正要往圖畫踏出一步時——

「咚～？」

「是喲。」

——小玉和波奇兩人從旁撞擊而來。

出乎意料的狀況讓我感到驚訝，但兩人的體重很輕所以不至於撼動我的身體。

「怎麼了，妳們兩個？」

「過來過來～？」

「這邊有很不得了的東西喲。」

被興奮的兩人牽著手，我前往下一個房間。

離開房間時不經意回頭顧盼，剛才的圖畫卻消失了。

由於是放在地板上，可能是還在搬運中吧。倘若還有其他相同的畫，真想讓大家也欣賞一下。

「看那個～？」

「好大，非常大喲！」

被小玉和波奇拉著手，我進入了放有巨大掛軸的大廳。

那是高五公尺，寬五十公尺的龐然大物。根據立牌上的說明，似乎是花了四十年時間製作而成的。

「主人，魔王巨大且相當危險——這麼告知道。」

娜娜指著掛軸的一角表情認真地告知。

那裡繪有一頭將腳踩在城上，體積比城堡還要龐大的豬頭怪物。

『王祖大和大人的面前出現了身軀龐大的魔王，將城堡當作墊腳石——』

背後可以聽見朗聲的敘述。回頭一看，只見大廳的內部設有一處舞台。

看來是有專屬的樂團演奏背景音樂，吟遊詩人則站在前方講述掛軸內的情景。

傾聽著吟遊詩人的聲音，我一邊欣賞掛軸。

『魔王的前方是六色的古老魔族在蹂躪著人族的聯軍——』

魔王身前除了有綠色的蛇及桃色的年糕狀史萊姆，另外還可以見到熟悉的青色和紅色上級魔族的身影，最前排則是有四隻手臂的黃色魔族。

由於是六色，如同黃色魔族的影子般描繪出來的黑色形體就是最後一隻了吧？

吟遊詩人分別詠唱著古老魔族的特徵。綠色變幻自如、桃色防禦特化、黑色神出鬼沒。黃色是隊長般的存在，似乎比普通的魔王還要強。

吟遊詩人繼續敘述下去：

『在魔王的操控下，豬人族的軍隊化為「望死盲兵」與騎士們互鬥。』

「望死盲兵」這個詞彙從來沒聽過。莫非是用漢字硬拼湊出發音的嗎？

位於黃色魔族腳邊的小小人影大概就是歐克。

話說回來我從未見過歐克，於是心血來潮搜尋一下地圖後，得知在公都的平民區大約有兩人。

這些歐克就和巨人之村所見到的狗頭人一樣，並非魔族而是妖精族。

他們似乎在貧民窟的一角經營著煉金術店。

看起來沒有背負什麼罪刑，所以在逗留公都期間過去一趟看看好了。

『騎乘獅鷲獸的孚魯帝國幻獸騎士參戰後，魔王便召喚出空中要塞般的大怪魚托布克澤拉，使怪魚們在空中狂舞。』

到底是哪一個？

我試圖尋找所謂的托布克澤拉卻搞不太清楚。

莫非是掛軸左上方看似飛行船或抹香鯨的物體嗎？

那裡畫著飛行船前方的魔法障壁出現了大批飛在天上的鯊魚般魔物，如海嘯蹂躪都市和士兵們。

獅鷲獸被畫得相當帥氣，但數量太少所以未能形成有效戰力。

『當諸國瀕臨滅亡的這時候，乘在天龍背上現身於彼端的救星，正是我們的王祖大和大人——』

掛軸右側繪有白銀色的龍頭，頭上的兩隻角中間有一名青色鎧甲的騎士。這名騎士大概就是王祖大和了吧。

騎士手持大盾和法杖，其周圍還飄浮著好幾把籠罩藍光的劍。

好幾把劍飄浮在空中這點大概是畫家的創作吧。很像動畫裡會出現的場景。

畢竟王子在魔族戰中所使用的聖劍光之劍完全沒有飛起來過。

「這就是王祖大和大人的英姿吧。」

「即使再偉大的王，應該也無法獲得允許坐在龍的頭頂上。」

一臉欽佩的卡麗娜小姐和將其視為荒謬的莉薩形成了對比。這或許是因為莉薩的部族把龍當作神聖存在的緣故。

「咦～龍騎士不是很萌嗎。」

聽得出亞里沙的意思是「很萌」而非「很熱血」。亞里沙身旁的蜜雅也「嗯嗯」點著頭，不過還是別追究她點頭贊同的理由好了。

亞里沙，有害文化的舉動適可而止一點吧。

「主人，對面有聖劍的複製品——這麼報告道。」

望向娜娜呼喚的方向，那裡擺放了高三公尺左右的王祖大和銅像以及與其身體一樣巨大的聖劍光之劍。

我從見過聖劍光之劍實物的差異來看，這龐大的身軀大概是為了表現王祖大和的偉大而直接誇大了吧。

仔細回想，在庫哈諾伯爵領的賽達姆市見到的王祖像也如同這般高大魁梧。看來這種巨軀已經是王祖像的預設標準。

就在大家一起欣賞王祖像之際，馭手前來迎接我們。似乎已經到了該去多爾瑪的老家西門子爵家叨擾的時候了。

我暫時回去，讓大家先下車，然後僅帶著希望同行的亞里沙和娜娜前往子爵邸。

◆

鷹鉤鼻配上眉間的皺紋，整齊的小鬍子及向後梳理綁在一起的深色金髮。眼眸中充滿了令人感受到堅強意志的力量。

那一本正經的表情讓我懷疑對方是否真是多爾瑪的兄弟。

有些年老的臉龐，站在多爾瑪身邊就像他的父親一樣，實在看不出才三十四歲。

「感謝你救了多爾瑪。」

對方明明在道謝卻有種被上司訓斥的感覺，真是不可思議。

他就是多爾瑪的哥哥，霍薩利斯．西門子爵。

這個房間裡除了我和多爾瑪兄弟，另外還有希望同行的亞里沙。

至於娜娜在我們抵達的同時就放任她前往多爾瑪一家居住的別棟。如今大概正在欣賞著小嬰兒瑪尤娜才對。

「抱歉，佐藤先生。我大哥他說話方式就是這樣哦。」

「你也太失禮了，多爾瑪。我的說話方式有哪裡奇怪了？」

言詞本身相當正常，但霍薩利斯先生的說話方式就像個在訓斥不成材學生的古板老師那樣。

不知為何，亞里沙在我一旁流露出垂涎三尺的跡象。總覺得她整個人散發著金光閃閃的氣息。不知道她在幻想什麼，不過適可而止吧。

原應是在接待室受到熱情款待，氣氛卻變得好像在接受就職面試，就這麼繼續對話。

關於最令我擔心的卷軸訂製和購買倉庫內卷軸的事項，因為有多爾瑪事先交涉所以很順利就獲得對方同意。當然，我也出示了公爵的許可證。

「既然你的興趣是蒐集卷軸，要不要參觀一下工房呢？」

「這樣方便嗎？」

面對令人喜出望外的發展，我不禁將整個身體探出桌子。

「嗯嗯，沒有問題。畢竟『鐵血』妮娜女士在介紹信中強調你『可以信賴』。而且我也相信多爾瑪看人的眼光。」

真是個相當豪氣的男人。倘若在現代日本大概可以成為頂尖的社長吧。

順風耳技能從通往走廊的門另一端捕捉到人聲。

「所以說，要用加了螢鈴蘭露水的墨水啊～」

「的確，那種墨水可以在附加台上進行精密操作，可是妳知道要多少錢嗎？」

「姜格先生說的龍鱗粉或捻角粉不也是不敷成本嗎~」

應該是霍薩利斯找來的卷軸工匠吧。

「老爺，我接到您的傳喚過來了。」

「霍薩利斯大人，您有什麼吩咐嗎？」

一個彷彿會對「代謝症候群」這個字嗤之以鼻的肥胖體型中年男性和另一名戴眼鏡的雀斑少女被叫進了房間。

少女稱不上美麗卻也不能說醜陋，是個相貌平庸的地精女性。由於是地精，所以身高比亞里沙還要矮。

「這位是工廠長姜格。別看他這樣，在卷軸領域可是希嘉王國首屈一指的技術人員。至於那位女孩叫娜塔莉娜，在創意開發方面是工房內的第一號人物。相信他們一定可以符合潘德拉剛勳爵你的期待。」

霍薩利斯的這番話當中，那句「創意開發」似乎別有含義。

大概是因為這個人光按照自己的喜好製作一些賣不掉的卷軸或為了開發而花錢如流水吧。

介紹完兩人後，霍薩利斯便帶著多爾瑪出門。

來訪時對方表示過無法陪同太久，而且又已經將我介紹給工匠所以沒有問題。

我拿出所需卷軸的清單和姜格先生討論。

遺憾的是對方表明上級魔法不可能製作成卷軸。

另外「假情報」或「開鎖」之類可用於犯罪或諜報的魔法也無法接單。這方面的說法就和多爾瑪在基基奴店長的魔法屋裡所提到的一樣。

另外，製作卷軸似乎需要製作者擁有該魔法的技能，因此「重力」、「影」、「精神」、「死靈」之類的魔法就無法製作。

空間魔法的製作者目前在王都出差，大概一個月無法承接卷軸的訂單，不過中級唯一的轉移魔法「歸還轉移」卷軸還有庫存，所以沒有問題。

儘管有些不情願，對方終究還是答應用僅僅一百枚金幣賣給我。

市場行情是三十枚金幣，不過只花一百枚金幣就可進行轉移實在是很便宜。畢竟儲倉裡的金幣倘若不限定希嘉王國，就多達一千萬枚以上。

除此之外，神聖魔法也由於宗教上的因素而無法卷軸化。儘管技術上是可行的。

「對了，士爵大人。我知道你是蒐集家，不過這張清單上都是一些就算用卷軸施展也沒有多大效果的魔法哦？真的沒問題嗎？」

「娜塔莉娜，妳的敬語要再正式一點。」

「咦～這已經是很正式的敬語了吧？士爵大人。」

「我是個半路出家的貴族，若不習慣使用敬語，像平常那樣說話也無妨。」

娜塔莉娜小姐聽完後做出萬歲動作一邊詢問：「真的嗎？太好了——」結果被姜格先生敲了一下腦袋。真想送給負責吐槽的姜格先生一把紙扇。

那麼，關於娜塔莉娜小姐的憂慮，我向她保證目的是出於收藏，所以就算效果再弱只要能成功發動就沒有任何怨言。

我簽完庫存卷軸的買賣契約，再將訂製的卷軸排好優先順序後便完成委託手續。

「很奇怪的咒語呢？雖然容易閱讀，但效率非常差～我想應該可以歸類為下級，可是詠唱時間太長就很不好用了吧。」

娜塔莉娜小姐見到我拿出來的自製咒語後這麼傾頭道。

我的咒語導入了結構化程式設計，所以和這個世界的標準咒語有極大差異。

可閱讀性和生產效率很高，相對地魔力效率和咒語容量就遜於以往的魔法。

這方面關係到取捨的問題，會這麼做也是沒辦法的。對我來說後者的缺點幾乎都不是問題，所以反而是優點比較多。

「難道不能做成卷軸嗎？」

「啊啊，這個沒問題。只是有點奇怪，似乎還沒有超出魔法的規範，所以應該有辦法搞

——幫您處理。」

或許是因為姜格先生瞪著娜塔莉娜小姐，她最後很敷衍地加上了敬語。

「那麼，士爵大人。取出庫存需要一些時間，這段期間您要先去參觀工房嗎？」

「是的，請務必讓我參觀。」

我帶著看起來很閒的亞里沙前去參觀工房。

工房就位於子爵家用地的地底下，由人員及魔法裝置布下了嚴密的保全網。

所有警衛都在二十級以上，以擁有「識破」或「監視」等防密探技能的人員組成，另外還設有探知系和具備警報功能的魔法裝置，小型的監視用魔巨人則是徘徊於通風口之間。

儘管對方沒有告知詳情，但據說對抗諜報用魔法的措施也相當完善。

工房被分成了好幾個小房間，專門用來處理特定的工序。

因此知道整體工序的人少之又少。看起來很沒有效率，但對方表示技術的隱匿性十分重要，所以這方面執行得相當徹底。

卷軸的紙張似乎是在別處製作，查看之後會出現「卷軸用紙・乙」的鑑定結果。

從技術人員之間的對話，頂多只能知道墨水必須加入魔核的粉末。霍薩利斯先生之所以會前往王都，好像也是為了要收購高等級的魔核。製作中級以上的卷軸所需要的魔核，據說只能從三十級以上的強大魔物身上才可獲得。

對方讓我看了加工前的魔核，比起前陣子從鎧蠑螈身上得到的魔核更紅一些。

「這個房間是用來製作墨水的。」

姜格先生將門打開一些讓我看看裡面，但不能進入室內。這裡似乎正在製作「卷軸用墨水・甲」。大致的材料都看得出來，但素材之一卻是「卷軸用墨水・乙」。這真是挺棘手的。

製作卷軸好像並非用墨水把咒語書寫在專用紙上就了事，必須經過好幾道工序。為此，現有產品要兩到四天，客製品的話則更要多出好幾天時間才能完成。

參觀完工房後回到剛才的接待室，卷軸已經在那裡堆成一座小山。

有庫存的咒語除了剛才「歸還轉移」之外還有許多。

我購買了中級攻擊魔法「冰雪暴風」、「雷擊暴風」、「爆縮」三種，下級攻擊魔法「石筍」和「大氣砲」在內的十五種。防禦魔法則是「自在盾」、「風防」、「氣壁」、「理力結界」四種，魔法干擾系的「魔力轉讓」、「魔力搶奪」兩種，操作系的「理力之手」、「理力之線」、「浮步」三種，治療系的「輕治癒：水」、「治癒：水」兩種，防諜用的「密談空間」，而最後是用來輔助同伴的「魔法防禦附加」、「物理防禦附加」、「雷刃附加」、「術理盾附加」四種。

只要善用這些魔法，今後的旅程想必會很輕鬆吧。

接著，我下單訂製的卷軸如下——

從現有魔法書裡選擇的有生活魔法的「柔洗淨」、「乾燥」、「止血」三種，治療用的「解毒」、「治癒疾病」兩種，精鍊用的「金屬抽出」和「金屬融解」兩種。

至於原創魔法則是對人壓制用的「輕氣絕彈」、「追蹤氣絕彈」兩種，用於魔法道具製作的「液體操作」、「氣體操作」、「電氣操作」三種，用來娛樂的火魔法「煙火」和光魔法「幻煙火」兩種，然後是實驗用的「彈體射出」、「標準輸出」、「影像輸出」三種。

這個「標準輸出」只是用來在主選單的紀錄裡顯示「Hello World」的魔法，「影像輸出」則是在主選單畫面顯示出矩形並描繪相同文章的魔法。

兩者都是只對我有意義的魔法，但要是這些實驗進行順利，我預計要進一步著手開發「錄音」或「攝影」之類的魔法。

另外，「彈體射出」是爆裂魔法與術理魔法的複合咒語，可以用來擊出小石子到棒球尺寸的子彈。

雖然也可以當作手槍一樣使用，然而魔力效率和威力兩方面都遜於下級魔法。

主要目的是為了在對魔王戰當中擊出魔力過剩填充的聖箭所開發出來的。

我在魔王戰時深深感受到弓必須用兩手操作，所以在和劍之間的武器切換相當麻煩。

雖然也考慮過使用十字弓，不過全速移動之下短箭很可能會掉落，於是下定決心開發了新魔法。

簽約完畢後，我在姜格先生的見證下來到中庭進行原創魔法的試射。

試射當中發現了幾個原創魔法的缺失，所以我當場修正過來。

「哇啊～好厲害！這個實在太厲害了哦！」

「很漂亮呢。讓我想起東京灣的大煙火祭了～」

見到煙火魔法的娜塔莉娜小姐蹦蹦跳跳地開心道。

一併在場的亞里沙也大為讚賞。待卷軸完成後就和大家舉辦一場煙火大會吧。

「士爵大人！請務必將這個魔法賣給我！」

「喂！娜塔莉娜！未經老爺的允許，妳在胡說些什麼。」

姜格先生出言訓斥向我這麼逼問的娜塔莉娜小姐，不過這並未澆熄她的熱情，還揚言要等霍薩利斯先生回來後交涉一番。

這是我閒暇之餘製作的魔法，所以就算免費贈送也無妨，但善於交涉的亞里沙出面後達成共識，只要多指派一些人員處理我所下單的卷軸就會考慮販賣。

購買的卷軸價格雖然金額龐大，不過這點支出對我來說不算什麼，所以就直接用現金支付了。

我將買下的卷軸收進萬納背包，然後前往多爾瑪一家居住的別棟迎接娜娜。

要把娜娜和小嬰兒瑪尤娜分開實在是很費力的一件事。

◆

「呼～難得的晚餐差點就要吐出來了。」

「誰叫妳晚餐吃得那麼多。」

「因為真的很好吃嘛——」

為了進行魔法的試射實驗，飯後我帶著亞里沙來到公都地下的迷宮遺跡。

其實本來打算一個人過來，但亞里沙卻要求無論如何都要我帶她來。

「對了，妳怎麼會想來迷宮呢？這裡是遺跡，所以不能用來提昇等級哦？」

「討厭，才不是這樣哦。」

我這麼確認後，亞里沙搖了搖頭否定道。

「妳不是為了學會空間魔法而一直想要昇級嗎？」

「Of Course！當然是為了這個目的哦！」

亞里沙擺出奇怪的姿勢這麼宣告。

怎麼回事？

昨天晚上應該有告訴過她，技能點數不足以提昇至空間魔法所需的技能等級才對。

「能解釋得清楚一點嗎？」

我這麼要求回答後，亞里沙爬上附近的瓦礫俯視這邊。

「呼哈哈哈！你什麼時候以為技能點數都是固定的了？」

亞里沙威風凜凜地站在瓦礫上，面帶得意洋洋的表情向下望來。

「怎麼回事？莫非分配過的技能點數能夠再重新分配嗎？」

「可以哦。我沒說過嗎？」

——當然是第一次聽到。

我的技能點數雖然剩下一堆，但在沒有指望晉昇下一級的情況下，總有一天或許就需要「重新分配點數」。

「要怎麼做？」

「就是取得技能清單裡的『重置』並執行哦。這樣一來就可以將特殊和天賦以外的技能全部恢復成點數。」

真是便利——

而且超不合理……

對於無法從清單裡選擇的我來說，根本是無緣的技能。

「話雖如此，『重置』也不是萬能的呢～」

倘若是萬能，就可以根據每場戰鬥變更技能組合。說到這個，記得某個叫「超能力者瀨野」的動畫裡也做過類似的事情。

就在我分心思考的期間，亞里沙繼續說明下去：

「每次使用都會損失五％到二十％的技能點數哦。而且無法恢復。」

假如我來使用，就會損失一五五點到六二〇點嗎……代價未免太大。可以理解亞里沙為何至今都不曾使用。

「另外，還有個讓人很不想使用的理由～」

我進一步詢問後，她回答了一句：「超～痛的。」

原來如此，來到這個地方是為了怕自己痛得叫出聲音，使其他孩子們擔心嗎。早知道這樣，使用今天獲得的防諜用「密談空間」就好。

「差不多可以開始了呢。」

「等等，先吃下止痛劑吧。」

這樣一來應該會舒坦些。

「抱歉，以前好像有過使用藥物會增加損失點數的紀錄哦。」

亞里沙很遺憾地將我拿藥的手推回。

包括剛才劇痛的說法在內，關於重置一事她似乎是在故鄉時從沙珈帝國的勇者隼人那裡得知的。換句話說，勇者隼人知道亞里沙是個轉生者嗎……

「女人最要緊的就是膽識！——重置——！」

亞里沙坐在我的大腿上這麼喊道。

——好痛……！

我按照亞里沙本人的期望抱住坐在大腿上的她，但不光是尖叫就連指甲也陷入我的背部，實在滿痛的。我於是悄悄將痛苦抗性開啟。

原本還擔心亞里沙的紫色頭髮會不會因而變白，不過似乎是多慮了。

重置完畢的同時她也全身失去力氣昏倒，所以我便讓她睡在大腿上……

「亞里沙，再性騷擾就不讓妳躺大腿了哦？」

剛才明明就那麼痛，真是堅強。

堅強得還有餘力可以假裝翻身移動到相當微妙的位置。

「然後呢？進行得還順利嗎？」

「是啊~雖然還缺一些點數，不過已經把精神魔法換成空間魔法技能等級六了哦。」

面對充滿成就感的亞里沙，我不得不先囑咐她：

「亞里沙，這是命令。禁止在緊急狀況之外闖進浴室或偷看別人更衣。」

「嗚哈！起……起碼！起碼等你抓到現行犯之後再命令好嗎。算是給少女的一點點獎勵嘛～」

果然有這個念頭嗎……

聽了亞里沙希望盡情使用魔法的要求，我們便動身前往迷宮遺跡的中層。

「哦～你在這裡和魔王戰鬥過嗎？」

「不，在更下方。」

「我想過去看看！」

我回了一句：「什麼都沒有哦？」但亞里沙還是央求著想去看看，於是就這樣帶她前往最下層。

「差……差點以為要沒命了。」

——這傢伙形容得真誇張。

在進行直角轉彎的時候明明就有減速。

亞里沙搖搖晃晃地站起，站在舉行過儀式的祭壇上環視整個地下空洞。

「對了，主人。既然已經打倒魔王，你應該獲得了『真正的勇者』稱號吧？」

對於亞里沙唐突的問題，我點點頭後換上「真正的勇者」稱號給她看。

「真的呢……」

亞里沙將手握在身後，整個人轉過去背對我：

「既然這樣……果然……」

用低沉的聲調喃喃自語後，亞里沙欲言又止。

總覺得很不像她的風格。

「那個，你果然還是要回日本嗎？」

轉過來的亞里沙一副毅然決然的模樣向我問道。

——啊？

「妳在說什麼啊？我得送蜜雅回去，之後還要在迷宮都市修行吧？等到大家實力變強就一起在全世界遊歷冒險。就算要回日本，也是很久以後的事情了哦。」

面對淚眼汪汪的亞里沙，我盡量用輕鬆的語氣回答。

當然，儘管還不知道能否找到回日本的方法。

「不過，妳怎麼突然問起這個呢？」

我擦拭亞里沙的淚水，等待她情緒穩定下來後詢問理由。

「因……因為！隼人說過，歷代的勇者打倒魔王成為『真正的勇者』後，神就會提出遣返的建議哦。」

原來如此，聽到了這件事情所以才感到不安的嗎？

據說面對神的問題時若回答「是」就會留下聖劍並遣返回原來的世界。最惡劣的是好像僅會詢問一次，如果不回答就直接當作「否」來看待。

真是的，起碼也讓人家選擇回去的時機啊。

而且假使接獲遣返的提議，也得等待大家的實力都足以戰勝魔族之後，我才能放心回到原來的世界。既然我來到這個世界的原因並非是普通的勇者召喚，也還不知道能不能憑藉那個方法回歸原來的世界呢。

萬一真的在做好回去的準備前就接獲提議，我打算拜託對方帶封信給我的家人。和我不同，由於家人的個性都很悠哉，只要寫上「我很好」應該就會諒解我吧。

「說到這個，主人的勇者打扮還是之前見到的那種銀面具和金色假髮嗎？既然要隱藏身分，如果還是穿平常那種長袍，很快就會被看穿吧？」

亞里沙強打起精神拋出這個話題。

「不，銀面具已經破掉，我現在是白面具和紫色假髮的裝扮哦。服裝則是神職人員樣式的高級長袍。」

我用快速更衣變成那副模樣。

「嗚哈！好快！怎麼有人這樣換衣服！簡直就像是變身嘛。」

「很方便吧？」

我得意地向吃驚的亞里沙擺了個架勢。

「正太神職人員也不錯——不對，服裝也換成和平常不同的類型是不是比較好？」

「說得也是。要扮成忍者或武士嗎？」

「這個嘛……對了！陰陽師！就用陰陽師的概念去搭配吧！」

抱起雙手的亞里沙先是低吟，然後表情就像頭頂亮起電燈泡那樣告知。

「陰陽師的服裝是狩衣嗎？」

「對，就是那個！以白色為底，至於烏紗帽好像很容易掉落，就改戴遮掩面具的附頭冠面紗。因為狩衣有點不起眼，所以還要用金線裝飾——」

我在腦中想像著亞里沙的敘述。

「這樣還是很不起眼吧？」

我用光魔法「幻影」呈現出亞里沙所說的服裝完成型態。

「哦哦！很棒嘛。不過確實不起眼呢。就用魔法或魔法道具來營造出華麗的效果吧！例如佛祖那樣背後發光或是冒出天使一般的翅膀。」

狩衣跟天使翅膀配不起來吧。

我在剛才的影像中顯示出背後的光環。

「有點不起眼呢。就改成三層，然後從中央發出放射狀的光線吧。還有我想想……主人會飛，所以腳下也製造出噴射火焰好了。」

我輕輕戳了一下表情正經卻在耍笨的亞里沙腦袋。

加入噴射火焰，是想打造成機器人嗎……

最終方案變成了配合腳下的移動速度放出劇烈轉動的火輪，在移動時留下殘影。

我輕鬆將其製作出來，但控制卻相當麻煩。幻影會自行重複固定的動作，不過旋轉數和發光方式等動作的變更時就需要術者操作了。

總之外觀設定已經定案，於是將主題移至內在的設定。

「聲音和說話方式是像現在這樣嗎？」

「我在穆諾男爵領或是和巫女長交談時是這種刻意裝出的聲音配上傲慢的口吻。至於面對公爵時就則是性別不明的聲音，只說出必要的詞彙而已。」

我摸索著記憶一邊告訴亞里沙。

「你中途改變了嗎～」

「嗯嗯，傲慢的口吻所用的聲音雖然不同，但難保不會聯想到我身上，所以面對公爵的時候就試著改變了一下哦。」

由於話少，公爵那邊應該能蒙混過關才對。

「既然都要假扮，乾脆扮成多重人格勇者或多人勇者或許也不錯呢？」

「一人分飾多角好像也挺麻煩的。」

「既然這樣，就把預設的角色設定改成和主人天差地遠的個性，至於剛才的傲慢角色和寡言角色當作是副角色吧。」

亞里沙繼續道：「就類似遊戲中的主要角色和副角色那樣呢。」

乘這個難得的機會，我請亞里沙老師幫忙想想「和我天差地遠的個性」。

「主人所具備的要素是『老成正太』、『無自覺後宮主角』、『不合理的作弊能力』，還有——」

「——亞里沙，我知道妳有很多不滿，不過可別藉機挖苦我啊。」

我捏住頑童般表情的亞里沙鼻子以制止謾罵，讓她列舉出具體的要素後再提出與之相對的要素。

「說得也是。說到和主人個性天差地遠的角色，就是『小孩子』、『喜歡裝熟』、『對任何人都不抱敬意』、『不會察言觀色』，把這些要素融合在一起就可以了吧？」

在那之後的大約一個小時裡，我接受了亞里沙老師對於無名．版本Ⅲ的演技指導。

不知為什麼，指導演技時的亞里沙用頭髮遮住半邊臉並換上奇怪的語調。雖然不了解典故出自哪裡，但想必是在即興演出某動畫或漫畫的內容吧。

「──ＯＫ！這樣一來，無論什麼樣的少女遊戲都可以參與演出了哦！」

在臉部前方「啪啪啪」大動作拍手的亞里沙為我的演技這麼打包票。

總而言之，但願這種演技暫時沒有用到的機會。

「對了對了，當時有沒有什麼稀有的掉落物品？例如魔王核之類的？」

或許真的存在，但「魔王核」這種東西並未出現在戰利品中。

搞不好是打倒魔王後在地面破掉的那個紫色球體吧。

「頂多就是魔王使用的巨大柳葉刀和魔王拿自己骨頭製作的白槍吧？每一種體積都很大，而且已經損壞，所以算不上什麼好東西呢。」

其他還有大量「自由之翼」的遺留物。

或許是將基地建在這個最下層的緣故，裡面有數量眾多的物資和素材類，特別是有許多冰石和闇石這些貴重素材讓我相當開心。

雖然也有白天戰鬥時中級魔族所留下的「長角」未使用品，不過萬一遭到濫用就很危險，於是我打算就這樣塵封起來。

「另外還有很多種類的魔法書哦。」

說著，我告訴亞里沙當中的品項。

魔王戰的戰利品中除了包括「魔族召喚」在內的各種魔法書，更有召喚那種短角的特殊魔法陣等各式各樣的資料。

資料中用紫色頭髮編織而成的召喚用增幅道具「尤里可的髮環」因為好像會遭到詛咒，我就當作沒看到直接送入儲倉裡。

下次見到時要是頭髮變長就可怕了。

「魔族召喚。這個該不會要使用手機或筆電吧？」

「沒這回事哦。」

只不過這是一本記載了魔王復活的儀式和魔族召喚方法的危險書籍，所以我打算和長角一樣塵封起來。

焚燬也是個辦法，但咒語中或許存在可應用在其他魔法的部分於是就留著了。

乘著亞里沙熟悉空間魔法的期間，我依序使用卷軸並將其登記在魔法欄，然後再確認從魔法欄使用時的威力。

其中念動力類的術理魔法「理力之手」操作起來很困難。

在想像出一隻手的時候還算簡單，不過增加為兩隻之後準備個別操控時，就一口氣變得困難許多。看來要運用自如，得好好訓練一下才行。

有趣的是「理力之手」觸碰到的物體也可以收進儲倉裡。由於「理力之手」能夠延伸得比棍棒或長槍還遠，所以應該能應用在許多場合。

至於中級攻擊魔法「冰雪暴風」、「電擊暴風」、「爆縮」我準備讓亞里沙回房子後再進行實驗。

畢竟其他魔法還好辦，但中級攻擊魔法的威力可不是蓋的。

「這個『魔力轉讓』和『魔力搶奪』真是太作弊了呢。」

協助我實驗的亞里沙傻眼嘀咕道。

由於自身的魔力被魔力搶奪吸走了大半，又以魔力轉讓恢復了所有魔力，也難怪她會感到錯愕。

即使雙方有等級上的差距，在對魔法使的戰鬥中使用「魔力搶奪」簡直可以說是作弊過頭。

我順便也和亞里沙一起測試通信系和諜報系空間魔法的使用感。

就在對彼此實驗遠耳和眺望的時候，我感受到了些許異樣。亞里沙說感覺不出來，不過在對直覺敏銳的人使用時可能要多注意一下。

「亞里沙，我打算製作一個刻印板放在這裡，妳應該也需要吧？」

「那個刻印板就是用來標記『歸還轉移』的轉移目的地吧？既然這樣，我想在更淺的階層擺放一個哦。這個地方太深，從地上轉移的話好像會很累呢。」

原來如此，亞里沙說得很有道理。

「那麼就不要只擺放這裡一處，多放幾個地方好了。」

「刻印板製造起來這麼輕鬆嗎？」

「嗯嗯，畢竟不是什麼複雜的物品。」

亞里沙憂心地詢問。不過魔液尚有儲備，之後就只是輕鬆加上標記用的魔法迴路而已。幾分鐘就能完成一個，成本也是每個兩枚銀幣的低廉價格。

我順便也製作了好幾個給亞里沙，讓她存放在道具箱裡。

「如果是空間魔法的達人，大概一個人就可以經營貿易了吧。」

「這種事只有作弊的主人才能做到哦。我頂多只能移動一公里左右的距離。」

亞里沙聳聳肩膀嘆息道。

憑藉目前的技能等級，她似乎只能跟將自己跟另外一個人一併轉移而已。

「真的遇到緊急狀況時，大概還可以用『力量全開』讓所有人脫離哦。」

「那聽起來實在很放心，不過只有在真正需要的時候才能使用哦？」

濫用的話會很傷腦筋，我於是這麼叮囑亞里沙。

這是有原因的——「不死王」賽恩臨終之前給過我忠告。

對方說濫用特殊技能將會招致毀滅。

「了解！」

亞里沙擺出敬禮的動作回答我。真的拜託妳了哦。

……奇怪？

說到這個，我的主選單應該也算是特殊技能，但連續使用了好幾個月身體卻沒有任何異狀。

因為是被動技能，所以情況不同嗎？

儘管對此傾頭不解，我們還是返回了房子。

另外補充一下，隔天早上我利用「理力之手」進行空中游泳，受到年少組的熱烈好評。

舞會與料理

「我是佐藤。我對化石並不特別感興趣，但每次前往使用了大理石的百貨公司或飯店時都會下意識尋找裡面有沒有化石。大概是因為很適合用來打發時間吧？」

「哇啊～主人，請看！天花板很壯觀哦！」

「不愧是大國希嘉王國公爵家的舞會場呢～」

露露和亞里沙指著天花板這麼興奮道。剛才明明還對著雕刻有故事情節的大理石牆壁和軟綿綿的地毯指指點點大呼小叫，真是見異思遷呢。

從今天兩人的服裝是圍裙洋裝和白色髮箍可以看得出來，她們並非晚會的賓客，而是以我的調理助手身分造訪會場。其他孩子則是在房子裡留守。

這個會場大約有日本武道館那樣的廣大空間，圓頂形狀的天花板貼有鏡子，將豪華吊燈的光線反射得令人炫目。

根據ＡＲ顯示，天花板似乎是用祕銀合金材質的骨架來支撐著龐大的重量。

會場外圍有休息和暢談用的空間，我們準備料理的攤位也在其中一個角落。

晚會的飲食好像是以立食為主流，各個攤位與休息用的沙發組之間存在著廣大的空間並零星擺放著典雅的小桌子。

晚會重點似乎放在貴族之間的輕鬆交流，有許多都是方便食用的立食式冷盤。

看來這方面就和現代的立食派對沒有什麼兩樣。

「士爵大人，像這樣子擺放可以嗎？」

負責會場準備的女僕們將我的料理排列得相當美觀，為了呈現出更豪華的感覺而裝飾了許多種類的花朵。

花的香味好像經過加工以免妨礙料理的享用。

「是的，非常出色呢。可以讓料理看起來更加美味。」

「很榮幸能為士爵大人的料理貢獻微薄之力。」

我這麼道謝後，女僕們露出滿意的微笑並前往下一個攤位進行準備。

過了一陣子，賓客開始進入會場。

原本以為是老饕貴族羅伊德侯爵或何恩伯爵會最先衝進來，但他們似乎正和公爵一起在城堡的會議室工作當中。

看他們好像很期待的樣子，得幫忙預留一下他們的份才行呢。

本日準備的料理有四道。

第一道是應公爵的要求所準備的特製澄清湯。

這個由於調理時間比較長，所以就直接從房子帶來已調理好的湯。五個深鍋一次全部拿進來的話會讓攤位變得擁擠，於是會場內包括備用的在內只放了兩個。

因製作特製澄清湯而被我連續使喚的蜜雅則是在房子裡累趴了。

我將上午完成的份送到了特尼奧神殿。儘管因為時間匆忙而無法見到賽拉，不過她如今應該已經和巫女長一起享用了澄清湯吧。

「哦哦！這就是羅伊德家的少爺讚不絕口的湯品嗎！」

「不過，怎麼看起來像水一樣？」

「要是被外觀騙了，可就沒臉自稱是美食家了啊。」

「的確，這種芳醇的香氣真是太美妙了。」

在會場掀起裝有澄清湯的深鍋蓋子後，人潮立刻聚集而來。

看樣子是「羅伊德家的少爺」近衛騎士伊帕薩勳爵到處宣傳的結果。

用來炸天婦羅的油還沒熱，所以我決定先端上澄清湯。

我將澄清湯放在公爵城的耐熱玻璃容器裡提供給大家。

「真美味！這是什麼？」

「簡直就是天上的水滴。」

「令人驚嘆的美味完全不輸給馥郁的香氣。」

「啊啊……我生下來就是為了喝這碗湯啊。」

貴族們過於誇張的稱讚讓我感到不好意思之餘，我一邊進行著天婦羅的準備。

某種程度上可以想像到這種狀況，但還是有令人傷腦筋的問題。接下來陸續有人一次就喝了好幾碗。

要是就這樣被喝光的話還得再製作一次，所以我加上了一人最多三碗的限制。

其中甚至有人像小孩一樣死纏爛打，但我用第二道料理天婦羅成功轉移了對方的注意力。

儘管不像澄清湯那樣讚不絕口，這邊也不斷有人挑戰了全種類的天婦羅。

眼看就快來不及補充，我於是從主廚那裡借來人手幫忙加工天婦羅而驚險過關。

或許是之前的炸什錦蓋飯獲得好評，對方很爽快地就調派了幫忙的廚師。

「這個反應就不怎麼樣了呢～雖然非常漂亮沒錯……」

望著第三道料理，亞里沙面帶愁容。

這是將大市場觀光中發現的「肉凍」加以改進後完成的料理。

據說是上不了貴族餐桌的平民類料理，所以我加入巧思呈現出京都料亭的菜色中所具備的風雅感。

而且在亞里沙的建議下，我還利用五顏六色的食材讓原本不起眼的褐色肉凍變得色彩鮮豔。

這種繽紛的色彩還有另一個用意——

「哦，了不起，竟然用料理繪出我們公爵家的紋章。」

蓄有氣派鬍子的壯年紳士看到裝有肉凍的托盤後發出感嘆聲。

正如他所言，由於上面繪有公爵家的紋章，所以那些不願破壞外型的貴族們只是遠遠圍觀著，沒有一個人敢動手。

看來當初應該考慮更合適的圖案才對……

「這好像是王祖大和大人在傳記中提及的『果凍』之物。」

「是新菜色呢。佐藤的料理每一樣都很美味，實在令人期待哦。」

紳士的後方站著化了妝並換上禮服的琳格蘭蒂小姐。

「哦，他就是琳所提到的人物嗎？」

「初次見面，我是佐藤·潘德拉剛名譽士爵。」

根據ＡＲ顯示，這位紳士就是下任公爵，琳格蘭蒂小姐的父親。

「潘德拉剛？莫非佐藤你和多爾瑪口中那個穆諾市防衛戰的英雄是同一人物嗎？真是個比我想像中還要纖瘦的年輕人啊。」

可惡的多爾瑪。傳出去就算了，竟然還取了「穆諾市防衛戰的英雄」這個可恥的外號，必須阻止他繼續宣傳才行。老實說，被人稱為英雄實在很難為情。

蹲在攤位後方的亞里沙則是小聲嘀咕著：「遊說活動幹得好，多爾瑪。」

她似乎很聰明地用小盤子確保了料理並享用當中。

看起來很像在偷懶，不過亞里沙的任務是負責與廚房聯絡和供給魔力給娜娜使用的魔法道具，所以沒有問題。

「多爾瑪在講述你的活躍表現時可是十分自豪啊。聽說你還在古魯里安消滅了魔族對吧——」

對於下任公爵的稱讚，我在惶恐之餘一邊推薦料理。

「雖然不忍破壞完成的美感，不過我對你的料理也很感興趣，就來一盤吧。」

我將最推薦的鰆魚肉凍和加了毛豆及紅蘿蔔的蔬菜肉凍兩種盛在盤裡遞給對方。

「嗯，第一次吃到，滋味實在很濃郁。」

「真的呢。這個魚肉料理很美味，不過這邊的蔬菜類也一樣美味……唔！就算再怎麼美味也不能把賽拉嫁給你哦。」

妳對賽拉的疼愛可是差點就敗給食慾了哦？

總覺得公都出身的貴族都相當順從自己的食慾。

「賽拉是個善良的孩子，但就因為太過於善良而無法適應貴族生活。況且她如今已經離開公爵家設籍於神殿。倘若想讓那孩子還俗，就先去說服特尼奧神殿的聖女大人吧。」

「關於我要追求賽拉大人一事，純粹是琳格蘭蒂大人的誤會——」

我向下任公爵略微解釋後就澄清了誤會。真希望琳格蘭蒂小姐也能學習一下。

或許是兩人破壞紋章後讓其他人減低了心理負擔，其他貴族也紛紛開始動手拿取肉凍。

前來索取料理以及想要和下任公爵與琳格蘭蒂小姐增進交情的人們逐漸擠滿了攤位前。

「哦，邊境的英雄什麼時候改行來當傭人了？」

以這種酸溜溜語氣現身的是身穿貴公子般服裝的第三王子。今天隨行的只有老騎士，危險的少年騎士似乎不在。

用得著特地來說這些嗎？真是傷腦筋。

而且什麼叫「邊境的英雄」？又是從那裡聽到了穆諾市防衛戰的事情？

——那麼，該如何應付呢？

就在思考著要怎麼應付前來找碴的王子時，對我伸出援手的人是下任公爵。

「王子，他可是公爵家的賓客。今天是家父強人所難，要求他這位著名的『奇蹟般的廚師』過來製作料理哦。」

王子似乎並未發覺被貴族們團團圍住的下任公爵，被突然這麼一說之後投來驚訝的目光。

話說回來，請不要隨便取「奇蹟般的廚師」這種可恥的外號好嗎？

「他是我小女兒的救命恩人，也是琳的友人。即使是王子，我也不能放任您對他出言侮辱。」

下任公爵走到我和王子之間，似乎有庇護之意。

對上意料之外的人物，王子似乎相當困擾的樣子。

而這時更來了其他闖入者——

「佐藤先生！究極的炸蝦還有嗎！」

「至高的紅薑天婦羅是否平安無事！」

老饕貴族羅伊德侯爵及何恩伯爵爭先恐後地現身。

「——嗯？這不是夏洛利克王子嗎？」

「嗯，不僅對不起琳小姐，居然還想中傷佐藤先生的手藝，真是愚蠢之人啊。」

「正是如此！琳小姐的劍技和佐藤先生料理的藝術，無法理解的人實在遠遠不配擔任賽拉小姐的伴侶。」

等等，兩位！雖然很高興有人替自己講話，但請不要跟王族吵架啊。

王子情急之下將手擺在腰上的聖劍之際，救星出現了。

「唉呀，夏洛利克殿下，原來您在這種地方呢。請務必來這裡和大家聊聊王都的事情哦。」

一群略微濃妝艷抹的女性撥開人群前來邀請王子。

抓住救命稻草的王子於是向公爵說了句失陪，和這群女性走掉了。

望著王子離去的方向，下任公爵嘆息道：

「那位殿下要是脾氣能再收斂一點就好了——」

「大概不可能吧。畢竟打從十年前就一直是這樣啊。」

「雖然劍術可以稱得上是王國首屈一指……」

「父親大人，實力和人格並不能相提並論哦。倘若真是如此，隼人還更加——」

琳格蘭蒂小姐眼看要道出對勇者的怨言，但隨即用手掩住嘴巴懊悔自己的失言。

要安慰她也很奇怪，我於是選在公爵露面的時候向大家推薦澄清湯以緩和現場的氣氛。

料理果然還是要開心享用才行呢。

年紀大的貴族隨同公爵等人和琳格蘭蒂小姐一併離去後，遠遠圍觀的年輕貴族們便好奇地聚集而來，爭先恐後確保我的料理並吃得津津有味。

在被問到和琳格蘭蒂小姐的關係時，我老實回答僅受過對方指導劍術。

明明準備了充足的分量，但不到三十分鐘就全部發放完畢。看來是好奇心加上料理剛出油鍋的魅力取得了勝利。

「潘德拉剛勳爵，可以借用一點時間嗎？」

這時卡麗娜小姐帶著男人走了過來。

說帶著男人並非有什麼情色的意味。他是卡麗娜小姐的弟弟，穆諾男爵家的長男俄里翁。

就連喜歡武術大會的他，似乎在被找來王族參加的公爵晚會時也無法拒絕。

「卡麗娜小姐，這位想必就是您自豪的弟弟吧。初次見面，我是佐藤．潘德拉剛名譽士爵。還望您能記住這個名字。」

「嗯，我叫俄里翁．穆諾。潘德拉剛士爵，請多指教了。」

俄里翁大方地點頭自我介紹。這個年紀的他或許極力想表現出成熟的模樣吧。

唯獨講到自己的名字時突然變得小聲，這大概是因為喜歡勇者的男爵為他命名的緣故。

他的名字似乎是出自故事中登場的虛構勇者，俄里翁．潘德拉剛。

他們稍微閒聊之後就往舞會的會場走去。我順便提醒兩人不要去招惹王子。

兩人前往的會場中央舞會盛況空前。

舞池外圍處處可見年輕男性貴族在追求華美的貴族女性，並邀請至舞會場。看來真是個結識異性的最佳場合。

要是仿效他們而在社交界留下輕浮名聲似乎相當危險，所以我無意去追求女性。未婚女性都是十三到十八歲，過於年輕的歲數也是讓我不會食指大動的原因。

那麼，我在用不冷不熱的眼神關注著這群現充的同時，由於年輕女性來賓也開始增多，便決定端出最後一道料理。

最後的第四道是飯後甜點。

本來打算完成海綿蛋糕之後製作成放有草莓的小蛋糕或起司蛋糕之類的，但由於蓬鬆程度不如人意所以這次就選了可麗餅。

明明是立食卻似乎禁止用手抓住食物，於是我花了一點巧思。

並非現代日本攤車常賣的那種可邊走邊吃的可麗餅，而是包上可麗餅皮後的小號可麗餅切成四份提供給賓客。

之所以分成四份是為了讓千金小姐也能夠一口吃下。由於盤子裡僅有切塊的小號可麗餅也太過單調，於是我淋上了用草莓果醬製作的醬料。

「唉呀，好香的味道。」

「馬上就快煎好了，請再稍待一下。」

我在煎好的餅皮放上生奶油和草莓切片。

完成後的可麗餅迅速切塊，放在露露端著的盤子裡交給千金小姐。

吃下一口可麗餅的少女綻放出笑容。

精心化妝過的臉龐也在此時染上這個年紀所應有天真爛漫。

對此看呆了的少年貴族們紛紛來到吃完可麗餅的少女身邊邀舞。

加油吧，少年少女——

「喂，你現在的表情很老氣哦。」

在我腳邊的亞里沙啃著煎成小塊的可麗餅一邊這麼說道。

替他們加油打氣有什麼關係呢？

我無暇回答亞里沙，繼續應少女們的要求煎起可麗餅。

由於身穿貴族的禮服，所以沒有人把我當成傭人。

就因為這樣，每次在點可麗餅的時候都會互相自我介紹，因而記住了上百名少女的名字。

準備的材料中途用盡，我於是拜託露露和亞里沙前往廚房搬運事先做好並冷藏的生奶油和草莓。

呼——這樣一來可以休息一下了……

「士……士爵大人！方便的話可以與我共舞嗎！」

不知是見到我無所事事或長得一副很好約的模樣，看似剛在社交界出道的十五歲左右少女對我提出了邀請。

因為有舞蹈技能和社交技能的輔助，所以社交舞對我來說沒有問題。

「是的，若您不嫌棄，我非常樂意。」

況且要是拒絕這名臉上彷彿寫著「如果被拒絕怎麼辦」的少女邀請也不好意思，就跳一支舞吧。

「不用那麼緊張哦。把周遭人當作是草木就行了。至於我，請想像成自己的父親或哥哥那樣放鬆心情吧。」

我在全身緊繃的少女耳邊這麼輕聲細語後，她的肩膀似乎稍微放鬆了。

我領著少女起舞，每當她失敗時就會鼓勵「不要緊哦」、「那裡要再放輕鬆一點」、「配合音樂像個公主一樣舞動」，儘可能讓對方享受到舞蹈的樂趣。

不久後一曲結束，我帶著少女回到外圍後陸續接到了其他少女們希望成為舞伴的要求。

似乎並非我本人很受歡迎，而是把我當成了在社交界出道的最合適練習對象。

由於露露和亞里沙補充生奶油好像耽擱了不少時間，我便回應少女們的要求擔任舞伴。

這段期間有好幾名少女邀請我到她們家裡玩。

儘管我並不是想找個有權勢的老婆，但面對這些邀約還是盡量答應下來。

部分是因為她們的家族剛好經營著我所希望參觀的工房，但更主要的是為了對抗像王子這樣擁有權力的敵對者，所以想要和更多貴族保持交流。

畢竟遇到困難時有個可以依靠的對象，在解決問題時的壓力也截然不同呢。

在這之後，補充而來的材料也消耗殆盡，我們於是決定將攤位交給公爵城的傭人幫忙收拾並打道回府。

當然，這點已經向主持晚會的公爵管家打過招呼。

露露表示有東西忘在廚房所以跑過去拿，我和亞里沙兩人便在中庭吹著晚風一邊眺望星空。

「到這裡還可以聽見會場的音樂呢。」

「是啊。」

豎耳傾聽後，可以聽到悠揚的舞蹈曲流洩而來。

「你剛才很受那些小女孩的歡迎嘛？」

「會嗎？應該是把我當作為了適應男性的練習對象吧。」

我隨口回答似乎有些在鬧彆扭的亞里沙，然後站了起來。

「——你生氣了？」

「怎麼會——」

我向看似不安的亞里沙微微一笑。

「話說這位小姐，您是否願意和我共舞一曲呢？」

「咦咦？這個嘛……是的！非常樂意！」

面對我有些裝模作樣的邀約，亞里沙先是不知所措，然後笑容滿面地點頭答應。

我們兩人緩緩起舞。亞里沙的舞技出奇優秀，應該是公主時代受過了教育吧。

大約跳完三支舞後，露露出現了。

「讓你們久等了，主人，還有亞里沙。」

過程比想像中要久，原來是她被主廚叫住後勸說：「想工作的話歡迎隨時過來。」竟然私底下挖角，真是個不可掉以輕心的大叔。

「遠遠看去還是一樣美麗呢。」

露露望著灌木圍籬的彼端被照亮的舞會場這麼嘆息道。

藉這個機會也和露露共舞好了。

「這位小姐，和我跳一支舞如何？」

「是……是的！我很樂意。」

我和露露兩人在舞會場外漏的光線中起舞。

配合舞蹈的動作，露露光亮的黑色長髮也左右舞動著。

「啊啊，好像在作夢一樣。」

「那真是太好了。」

我和表情陶醉的露露兩人就這樣一直跳下去。

「等……等一下，你們兩個不要跳個不停，趕快換人嘛～」

「呵呵，亞里沙的反應真是可愛呢。」

原本打算等露露跳膩了再停下來，不過她似乎一直都意猶未盡，最終跳到吃醋的亞里沙出面打斷為止。

在偶爾經過迴廊的女僕和管家們莞爾的目光注視之下，我們三人就這樣持續輪流共舞。

偶爾像這樣的日子也不錯呢。

◆

從那天起，忙碌的日子就此展開。

當然，以整天忙於工作的程式設計師時代來看，算是很優雅的時光。

我攜帶著點心和禮物前往叨擾在日本時無緣參加的千金小姐及夫人們所舉辦的茶會。

按照現代日本的觀念難免會覺得「參加茶會為何要帶禮物」，但這邊的貴族似乎習慣被邀請第一次參加茶會時攜帶禮物。

倘若管家沒有事先告訴我這點就糟糕了。

這種禮物並非純粹豪華就可以。

倘若贈送太昂貴的禮物就會被誤以為在向對方要求「提親、任官、仲介」。

當然，廉價的禮物就反而被當成看不起對方。

而且還必須根據派系和權勢來調整禮物內容。

就在我對於這個超級困難模式且又不能重新開機的遊戲提心吊膽之際，意料之外的救星造訪了。

——是多爾瑪。

「晚安，佐藤先生。聽說那些千金小姐似乎邀請你參加茶會，所以我就過來玩玩，順便想灌輸你一些關於派系和姻親的事情。」

我從一手拿著名貴葡萄酒來訪的多爾瑪那裡獲得格外詳盡的公都貴族關係情報。

享用著我所準備的大量下酒菜，他一邊滔滔不絕地講述每個人的個性甚至是喜好等各類消息。特別是個別告訴我容易踩到地雷的話題對我十分有幫助。

託他的福，直到他醉倒的這段期間我得以獲得一本厚厚筆記本分量的情報。

我打算將其命名為「多爾瑪筆記」並珍藏起來。

高興歸高興——

「嗯，不過對於化解了羅伊德侯爵和何恩伯爵這對冤家的佐藤先生來說，我說的這些或許有些雞婆了吧。」

——多爾瑪竟然說出了這番話。

「感情那麼好的這兩人居然會是冤家嗎？」

起碼我並不記得自己曾經化解過他們。

頂多只是和他們兩人一塊起勁地聊著料理或魔法書之類的嗜好話題。

「感情好嗎……佐藤先生真是個不可思議的少年啊。」

搞不好是「交涉」或「調停」技能擅自發動的緣故吧。

多虧前述的掩護射擊，茶會進行得相當順利。我帶了起司舒芙蕾和甜餅乾，倘若對方家主不喜歡甜食就改以白蘭地或加了葡萄乾的舒芙蕾來應對。

在亞里沙的建議下，我前往叨擾時也會贈送較為普通的餅乾給該家族的女僕們。

禮物則是準備了自製的銀項鍊或耳環。

當然，我也加入了自己的一些巧思。

「母親大人，請看這個。」

「唉呀，真是太美妙了。」

在千金小姐的手中，吊墜頂端的小石頭散發亮光並同時浮現出魔法文字「符文」。

這是我利用芝麻大小的光石刻上「符文」文字而成，只要注入魔力就會單純發光。

其中沿用了在基基奴店長的魔法店購買的刻印魔法書籍裡所獲得的知識。

一個字的「符文」無法發揮魔法效果，不過書中有類似日本御守的「家內安全」或「戀愛成就」等成套的「符文」文字，於是就拿來使用。

「很棒呢。是招福的『符文』哦。」

「這個是武勇的『符文』！就讓負責指揮街道巡邏的父親大人戴上吧。」

我向真心感到喜悅的茶會主辦者一家投以微笑。

最初被問到這種光石裝備品的作者時我隨口回答「特里斯梅吉斯特」這個名字，所以此一虛構的魔法道具技師在公都逐漸變得有名氣起來。當然，光石裝飾品的製作者是空欄。

這也算是魔法道具的一種，不過幾乎不具備實質效果所以沒有問題。

只不過，這種禮物似乎太受歡迎……

「佐……佐藤大人，請務必也前來我們家參加茶會。」

「不，比起準男爵的菲魯納家，還是請過來我們男爵家吧。」

——激起了千金小姐們的物質欲望。

於是每隔一天的行程變成每天，一天造訪一家的次數最終增加為一天三家。

能認識多一點人固然很好，不過要記住對方的臉就很吃不消了。

所幸拜高智力值所賜，只要我動念記憶就能一口氣記住名字和長相，

另外，這種光石吊墜由於是自己製造，每個的成本還不到一個金幣。

只不過想要的人一多，市場行情技能所顯示的價格似乎也水漲船高，成品的價值已經到了二十枚金幣的程度。

部分原因是我的鏤金技能到了最大值，但這個世界的裝飾品所沒有的纖細工藝和細緻的鍊條似乎是受歡迎的主因所在。

這種鍊條製作起來非常麻煩，倘若不是在一併進行「理力之手」的熟練訓練，我或許早就更換成其他物品了吧。

最終我得以同時使用一百二十隻「理力之手」來製作鍊條，可以說是辛苦的訓練有了回報。

順帶一提，我成功地從那些建立交情的貴族家獲得參觀他們旗下工房的許可。

短期內沒有時間可以去參觀，我打算待茶會風潮結束後和大家一起前往。

另外，這些貴族當中的好幾家都願意將老舊的儲備米和庫存過多的乾糧等無處消化的食物，以低廉價格甚至免費提供給穆諾男爵領當作支援物資。

這些食物已經透過沃爾果克前伯爵的關係，組織了商隊運往穆諾男爵領。我很期待他們回程的時候可以批發一些竹葉魚板過來。

話雖如此，認識的貴族變多也並非都是好事。

「主人，有人寄來了信和相親照片哦。」

「又來了嗎……」

參加完茶會回來後，亞里沙用頗為不悅的語氣迎接我。

最近開始陸續有一些幫忙說媒的信件。

「卡麗娜，不要緊～？」

「振作一點喲！傷口很淺喲。」

「……小玉、波奇。」

小玉和波奇安慰著抵達客廳後就整個人撲倒在地的卡麗娜小姐。

我總是帶著她參加茶會，試圖拓展一下她的交友圈，然而至今都沒有任何收穫。

「露露，不好意思，麻煩你把青紅茶端來書房。」

「是的，主人！」

我僅拿起書信前往書房。

「——連照片都不看就拒絕嗎？」

「看完之後拒絕才比較失禮吧？」

我聳聳肩膀這麼回答亞里沙，然後走向書房。

一邊寫著婉拒的書信，我將前來說媒的貴族姓氏和其女兒的名字記錄在交流欄的記事本裡。

雖然都是下級貴族的來信，但裡面偶爾也有打著說媒名義想一併借錢的家族。

看來我好像被少部分人當成了專挑昂貴魔法道具作為茶會禮物的暴發戶貴族。

寫完之後的信我拜託露露轉交給管家。

「佐藤？」

「主人，還要外出嗎——」這麼詢問道。」

眼尖發現我一手拿著外套的蜜雅和娜娜這麼詢問道。

「抱歉，羅伊德侯爵叫我去參加晚餐會。」

「咦——又要去？昨天不是才去過何恩伯爵那裡嗎？」

最近這陣子，我每天都輪流獲邀參加羅伊德和侯爵和何恩伯爵的晚餐會。

由於已經將天婦羅的食譜提供給兩家的廚師，所以我並非以廚師而是來賓身分被邀請的。

另外，天婦羅的食譜也都一併提供給沃爾果克伯爵家和公爵城的廚師。

而在獲邀參加的晚餐會席上──

「士爵大人，剛才的料理您覺得如何呢？」

「真是很出色的鴨肉料理。十分美味哦。」

「很高興得到您的誇獎。還請指教一下不周到的地方。」

──每次都會出現我和主廚這樣的對話。不過我在提供建議的同時也從對方那裡學習從來沒見過的調理方法，考慮到可以吃到美味料理的份上實在相當划算。

「佐藤先生，今晚也要熬夜嗎？」

「是的，倘若您許可。」

「真有熱誠啊。小心點不要把身體搞壞了哦。畢竟你的身體可不是只屬於你自己一個人了。」

倘若有人聽到我跟羅伊德侯爵的對話大概會誤會吧。

順帶一提，最後的那句話接下去其實是「畢竟還有不少人在期待著佐藤先生你的料理啊」。

那麼，暫且先拋開這些事情，我在獲得許可之後進入了羅伊德侯爵的書庫。

然後取出附鎖的魔法書放在書架上開始閱讀。由於是貴重的書籍所以有同行監視的管理員在場，不過沒有問題。

這些書籍的閱覽許可是我靠著公開澄清湯食譜和提供調理所需的原創水魔法交換而來的。

由於許可的條件是不得抄錄，所以我並未抄寫在交流欄的記事本裡。

話雖如此，拜我的超高智力值所賜，再加上圖像記憶能力也能夠以驚人的精準度默背下來，所以毫無問題。

回到房子後我再憑藉記憶寫在記事本上，這樣就不算違反約定了。

更何況各家的書庫似乎不僅一處，所以真正想隱匿的東西應該放在別處了才對。

另外，我也與何恩伯爵以及歐尤果克公爵簽訂了相同的契約以閱覽貴重的書籍。當然，也包括我借住處的沃爾果克前伯爵。

就因為這樣，上級魔法的種類增加了許多。

雖然我自己無法使用——

我在與看不完的書籍格鬥的同時，一邊度過了得以接觸新知識的幸福時光。

＞獲得稱號「書庫之主」。
＞獲得稱號「書籍管理者」。

◆

晚會後的第六天，從抵達公都算起第十天的早晨。
由於出發前還有一些時間，我便前往中庭觀看孩子們戰鬥訓練的狀況如何。
「主人～？」
「是主人喲！請看看波奇的修行成果喲！」
我做好外出準備後來到中庭，小玉和波奇立刻跑了過來。
「妳們兩個，不可以用髒兮兮的手弄髒主人的外出服裝。」
「主人，希望誇獎修行的成果——這麼請求道。」
莉薩和娜娜也一起。
娜娜首先透露出了真心話。
既然大家都這麼賣力，無論要我誇獎幾次都沒問題。

「難得有少爺在場！妳們就分成二對二的形式展現一下修行成果吧。」

指導前鋒成員武術的沙珈帝國武士卡吉羅先生一聲令下，模擬戰便開始了。

「要注意，像平常那樣渾身破綻，就會遭到綾女的偷襲！」

女武士綾女小姐向我點頭示意，然後手持短弓躲在中庭旁的樹叢裡。箭枝上面僅包了布以代替箭鏃，所以不用擔心會受傷。

這個訓練據說是設定為對盜賊戰。

我站在卡吉羅先生的身邊觀看大家的戰鬥。

的確，破綻比起以前少了。特別是往往一面倒攻擊的波奇，現在已經會查探四周動靜。

偶爾露出破綻後，綾女小姐的射出的箭就會準確飛來，或是被樹上偷襲的小樹枝所擊中。

根據受到偷襲的次數而定，好像會進行懲罰訓練。

訓練是莉薩和小玉的組合獲勝，不過娜娜和波奇這一組也相當出色。

我個別誇獎了訓鍊成果後，管家正好從房子裡出來呼喚我。

時間似乎也差不多了。

繼沃爾果克前伯爵夫婦的馬車後，我和卡麗娜小姐也一起乘坐馬車外出。

目的地是飛空艇起降場。

那裡已經被公都的貴族們擠得水泄不通。

「是小型的飛空艇呢。」

「是啊。不過動作相當靈活，裝甲似乎也是祕銀合金材質。」

我和卡麗娜小姐抬頭望著準備降落的小型飛空艇一邊這麼交談。根據ＡＲ顯示，那似乎是國王專用的高速飛空艇。

「陛下就坐在那裡面嗎？」

「是的，應該是。」

我點頭回應一副坐立不安的卡麗娜小姐，同時確認地圖情報。

今天我們是和公都的貴族們一起前來迎接搭乘專用艇過來的國王。儘管不強制，但為了想見到國王長得什麼模樣所以就參加了。

神殿相關人員也在場，但沒有見到特尼奧神殿的巫女長或賽拉的身影。

我從賑濟食物的那天起就沒再見過賽拉，根據茶會上獲得的情報指出，她似乎是為了躲避王子的求婚，而以儀式的名義將自己關在聖域裡。

公都的貴族和神殿相關人員聚集在一處的話，很容易成為恐怖攻擊目標，不過公爵領內的「自由之翼」餘黨已被徹底逼出，光靠倖存的少數人應該不至於發動恐怖攻擊才對。

另外，根據在晚餐會聽到的消息，國王會駕臨此地似乎是為了參加公爵的孫子——下下任公爵提斯拉德，和領地位在王國西端的艾爾艾特侯爵孫女兩人的結婚典禮。

我在羅伊德侯爵的晚餐會上見過，艾爾艾特侯爵的孫女是個夢幻般的美少女。

而典禮預計在五天後舉行，我這邊也接獲了準備料理的請求。

「那位就是國王陛下嗎？」

卡麗娜小姐的發言讓我轉動目光，只見飛空艇的登機梯正走出一名頭髮花白的男性。不知為何，唯獨只有鬍子是全白的。

ＡＲ顯示在國王旁邊的情報是五十五歲，想不到挺年輕的。

看了後續的情報讓我有些驚訝。他並非真正的國王，而是國王的替身。

至於從他身後走出來的大臣好像是真的。

周遭的貴族們紛紛下跪擺出臣子的禮儀，於是我也跟著仿效。

前來迎接的下任公爵走到國王面前說了些歡迎的話，國王也對此出言附和，直到離場之前我們都一直持續跪著。

上級貴族的家主以及身居要職的人們動身前往公爵城，至於我們的使命已經在此結束，所以就返回房子裡。

「佐藤。」

在客廳和亞里沙一起閱讀魔法書的蜜雅搖搖晃晃地走來，一把抱住我的腰部。

其手中還握著一張給我的留言卡片。

「卷軸。」

「謝謝妳，蜜雅。」

接過的這張卡片來自卷軸工房，上面寫著我下單的部分卷軸已經完成。

我將緊貼我的腹部模仿貓咪「咕嚕咕嚕」叫聲的蜜雅拉開。

「姆。」

然後撫摸蜜雅的腦袋化解她的不悅，並告知自己要去辦事。

「我要去一趟西門子爵邸哦。」

「好——」

正在專心記憶空間魔法咒語的亞里沙回了個心不在焉的聲音。

「早點回來。」

「當然。」

我摸了摸來到入口大廳送行的蜜雅腦袋。

「我只是去多爾瑪那邊露個臉拿卷軸哦。晚餐大家就一起吃吧。」

「嗯。」

一邊感受著有個女兒般的父親心境，我動身前往位在附近的西門子爵邸。

我在卷軸工房從工廠長姜格先生那裡收下了拜託他們最優先製作的對人壓制魔法「追蹤氣絕彈」和實驗用的「彈體射出」、「標準輸出」、「影像輸出」卷軸。

「姜格先生，姜格先生！我聽說士爵大人來了，人還在嗎？」

「安靜點，娜塔莉娜！」

慌慌張張地衝進來的娜塔莉娜小姐手中握著兩根卷軸。

「太好了！嘿嘿～這可是我漏夜完成的『煙火』和『幻煙火』卷軸哦！」

頂著黑眼圈的娜塔莉娜小姐看似因熬夜而過度興奮一般遞出卷軸。

「謝謝妳，娜塔莉娜小姐。」

「嘿嘿——所以啊，要是你肯把這個魔法出售，我會很高興的呢～」

聽我道謝後，害羞的娜塔莉娜小姐故作忸怩地露出諂媚的笑容拜託道。

「別這樣，娜塔莉娜。妳這個水桶腰只會招來反效果。」

「姜格先生，你太過分了——！」

姜格先生看不下去出言勸誡娜塔莉娜小姐，然後換上鄭重的表情與我交談：

「這邊是我們收購『煙火』和『幻煙火』可以開出的金額。」

我瀏覽書面的契約條件，看到最後書寫的金額後傾頭不解。

「──確定沒有多填一個數字嗎？」

區區兩個魔法就價值一百枚金幣，未免也太多了吧。

畢竟這只是要給對方「附解說書的咒語全文」和「將新魔法使用於銷售的權利」，並非我自己無法再使用或者授權獨家販售。

「所以我不是說了嗎，姜格先生！這個魔法存在更大的價值！這可是任何人都可使用的下級魔法哦！而且就算做成卷軸也能夠製造出美麗的煙火哦？要是順利趕上提斯拉德大人的結婚典禮就會湧入一大堆訂單！一年就可以回本了哦。」

迷上煙火魔法的娜塔莉娜小姐拚了命向姜格先生這麼訴說。

距離結婚典禮應該還有五天，要量產好像很困難。

──等等？

莫非他們誤以為我的意思是一百枚金幣太少，而希望多加一個零嗎？

「說得也是，雖然購買一個新魔法的普通行情的確是一百枚金幣，不過這種魔法無疑將會受到貴族的青睞。我去向霍薩利斯大人交涉看看，能不能每種出到五百枚金幣的價格好了。」

「太好了──！」

而且原先就打算用兩百枚金幣購買兩個魔法了？

我還以為兩個最多才十枚金幣而已……

無論哪一種魔法都花不到我一天時間，所以每個出價五百枚金幣的話就有點良心不安了。

「請等一下。既然兩位認同這種魔法有如此大的價值，那麼我就按照最初的金額出售吧。」

「真的嗎——？太好了——！那麼得趕快開始量產煙火的卷軸才行！姜格先生，可以停止其他卷軸的生產嗎？」

「嗯嗯，無妨——士爵大人的訂單可別中斷啊。」

「那還用說嗎——！除此之外全都停下來生產煙火——！」

獲得許可的娜塔莉娜小姐踩著響亮的「躂躂」腳步聲離開房間，卻又以同樣猛烈的速度折回。

然後——

「謝謝您，士爵大人！」

——這麼道謝後，她再度離去。

真是個忙碌的人。

「不好意思，她就是這麼吵吵鬧鬧的。」

我從這麼道歉的姜格先生那裡收下了新魔法銷售金額與卷軸費用間的差額，以及一整捆卷軸。

總覺得拿了人家很多東西呢。

辦完事情後我前往位於西門子爵邸外圍多爾瑪的房子。

在女僕的帶領下，我來到房子旁的東屋，不知為何琳格蘭蒂小姐正在與多爾瑪一家喝茶聊天。

「好久不見了，多爾瑪勳爵。」

「嗨，佐藤先生。來這邊和我們坐坐吧。琳也覺得可以吧？」

「是的，沒有關係哦。」

原本打算在東屋入口向多爾瑪答謝他提供的貴族情報，不過既然獲邀入內，我於是坐在琳格蘭蒂小姐旁邊的空位上。

「社交方面還順利嗎？」

「是的，多虧多爾瑪勳爵您的指導，目前能夠順利地進行交流。」

「那真是太好了呢。對了，聽說還有人找你說媒，現在跟多少人訂婚了呢？」

儘管知道這是個普遍一夫多妻的國家，但還是無法理解擁有多數未婚妻的感覺。

「不，我年紀尚輕，所以短時間內並沒有結婚的打算。」

畢竟要是定下來，就沒辦法自由自在地旅行全世界。

雖然偶爾會在茶會上認識卡麗娜小姐或賽拉那樣等級的美少女，不過由於我平常見慣了露露她們，所以有把握不會那麼輕易墜入情網。

「是這樣嗎？你應該很受歡迎吧？畢竟要是把卡麗娜這個未婚妻娶為正妻，穆諾男爵領的太守之位就唾手可得，屆時無論權勢或者收入都可以媲美上級貴族吧？就算娶了賽拉為第二夫人，接下來還能再多娶兩三位夫人，至於小妾的話，就以十人為單位一次收入房中吧？」

——這是什麼齊人之福。

真是的，哪一國的後宮啊？

多爾瑪的妻子哈尤娜女士和我都對此傻眼，此時卻有一個人對多爾瑪的發言做出激烈反應。

「佐藤！你果然看上了賽拉對吧？而且居然是第二夫人？難道你打算把賽拉排在第二位嗎？」

柳眉倒豎並抓住我衣領的人正是超疼愛妹妹的姊姊——琳格蘭蒂小姐。

「請冷靜一點。這純粹是多爾瑪動爵個人的幻想哦。我在神殿也說過，賽拉小姐是我重要的朋友。況且，我跟卡麗娜小姐並沒有婚約，甚至連男女朋友也不是。」

我舉起雙手訂正琳格蘭蒂小姐的誤會。

「──你保證？」

「是的，我向天地神明及名譽士爵的爵位發誓。」

琳格蘭蒂小姐帶著半信半疑的表情放開抓住我的手。

真是的，請不要因為奇怪的猜測而散播不和的種子好嗎？

「對不起。以前發生過一些討厭的事，所以讓我不禁激動起來。」

緊握拳頭的琳格蘭蒂小姐按捺著心中的怒氣向我道歉。

她恐怕是想起所謂「討厭的事」而再度燃起怒火了吧。

感受到這股怒氣的小嬰兒瑪尤娜哭了出來。

「唉呀，對不起──」

聽見瑪尤娜的哭聲，琳格蘭蒂小姐似乎也沒了脾氣。

「多爾瑪叔叔，我要稍微借用這裡的院子。佐藤，過來陪我一下吧。」

被「啪擦」一聲抓起劍來的琳格蘭蒂小姐拖住，我被迫擔任了約一個小時的比劍對手。

「你們兩人一定口渴了吧？修行就到此為止，來一杯葡萄酒怎麼樣？」

一直觀看練習到剛才的多爾瑪一手拿著葡萄酒這麼建議道。

哈尤娜女士似乎回到房子裡哄瑪尤娜入睡了，東屋裡只剩下負責侍餐的女僕小姐而已。

「——知道嗎？我必須在眾目睽睽之下故意敗給對手哦？而且對方還是那個夏洛利克王子！」

被葡萄酒灌醉的琳格蘭蒂小姐將身體靠向我這邊嘮叨起來。

加諸在手臂上的觸感固然相當美妙，不過琳格蘭蒂小姐因喝醉而紅潤的嫵媚表情和她身上飄來的香水及體味交織而成的空氣，讓我彷彿要為之著迷。

「真是的，就算是陛下親自觀戰，為什麼就非要我跟殿下進行模擬戰不可呢？」

啊，這已經是第三遍重複了。

「況且殿下手持的是護國聖劍光之劍。那可是人們口中體現希嘉王國的『不敗』象徵哦？所以我絕對不可以——」

牢騷似乎在重複第三次時告終。

我拿起琳格蘭蒂小姐持續握著的酒杯，靜靜地放在桌子上。

將肩膀借給睡著的她倚靠，我和多爾瑪兩人就這樣在美女的鼻息背景音樂下，增進男人之間的情誼。

決賽當日

「我是佐藤。發生地震之類的自然災害時總會出現許多預兆。在漫畫或動畫當中，最經典的好像就是鳥類或小動物騷動不安的反應吧。」

小玉從今天早上就怪怪的。

不斷在房間內走來走去，時而糾纏波奇和亞里沙，緊貼著在地板上滾來滾去嬉鬧。異於平常的模樣讓其他孩子們都把目光放在小玉身上。

「怎麼了？小玉。」

「嗯～？好像癢癢的～」

「氣呼呼喲！今天的小玉很奇怪喲。」

哦？波奇也罕見地在發脾氣。

小玉將坐在我大腿的蜜雅推開擠了進來，就這樣整個人縮在大腿上。

到底怎麼了？居然強行擠了進來，實在不像平常個性悠哉的小玉。

「姆？」

被擠進來的蜜雅也滿臉困惑。

或許是在我撫摸背部之下情緒變得穩定，小玉就這樣帶著凝重的表情睡著了。

剛才還在生氣的波奇似乎也情緒好轉，正抱著娜娜的飛空艇布偶當成抱枕在地面打滾開始玩耍。

體格上無法照樣模仿的娜娜，羨慕地含著手指頭觀看這幅景象。

「對了，主人。」

不知什麼時候繞到後方的亞里沙對我小聲說道。

「這是不是很像我們第一次進穆諾城的時候？」

「是嗎？」

回想一下，小玉那個時候只是傾頭不解覺得「腳下怪怪的」，應該沒有像今天那麼坐立不安才對。

察覺到異樣感這一點倒是相同沒錯……說到這個，當初在聖留市的迷宮裡探索時，小玉的直覺也相當敏銳。

搞不好今天也察覺到了某種異變吧。

「我稍微調查看看。」

我這麼告知亞里沙，然後搜尋地圖。

——呃，又是那些傢伙嗎？

發現那些學不乖的「自由之翼」餘黨又入侵了公都內，我的心中不禁一陣無力。

由於之前製作了領內的潛伏地圖交給公爵，使得九成以上的成員被逮捕，但還是有活動的餘力嗎……

為保險起見我再試著搜尋，這些傢伙似乎就是公爵領內的最後一批成員。

數量只有少少的八人，等級最高也是較低的二十五級，所以應該幹不了什麼大事，不過問題是他們目前的位置就在鬥技場的地下。

今天的鬥技場有國王駕臨，所以公都當中擁有爵位的貴族們都齊聚一堂。

不僅如此，因為還有決賽和琳格蘭蒂小姐與第三王子之間的模擬戰，所以鬥技場湧入了幾乎無法容納的觀眾。

實在是很可能被當成恐怖攻擊目標的場所。短角魔族的話還沒問題，若對方擁有長角就糟糕了。

會場裡不光是有我在公都認識的貴族們，卡麗娜小姐和俄里翁兩人也都在現場，所以不能就這樣放著不管。

「感覺好像有點可疑——」

「真的假的？」

我小聲透露後，亞里沙發出驚呼，惹得周遭的孩子們投來目光。

「我過去解決一下。」

我讓大腿上的小玉睡在沙發上，然後站了起來。

「主人，請您下令讓我同行。」

「主人，希望同行。」

「波奇也會努力喲！」

莉薩、娜娜和波奇頂著充滿期待的眼神懇求道。

「那裡好像只有貴族才能進入，所以我一個人去就行了。」

憑她們的等級若是一併帶去應該幫得上忙，但「自由之翼」餘黨要是攜帶長角或恐怖攻擊用炸彈這類魔法道具就相當危險，所以我編造了這個理由。

「我下次會見識大家的修行成果，今天希望妳們先保護好露露。」

我這麼告知以安慰沮喪的三人，然後考慮著是要以勇者無名的裝扮或佐藤的模樣出門。

「喵！」

正在睡覺的小玉突然跳起，豎著尾巴和耳朵心神不寧地張望四周。

整個公都受到震撼，也就在這個時候——

並非發生了地震。我僅感受到波紋狀的魔力通過。

只不過，這種威力似乎很不尋常。

「剛才那是什麼？」

「好像是『咚——』的聲音喲！」

「是信號？」

「主人，請下達戰鬥準備。」

不光是我，半數左右的成員好像都察覺了剛才的信號。

小玉之所以情緒不穩定，恐怕是感覺到了這種前兆的緣故吧。

莉薩開始穿起之前我交給她的新裝備。遲了一些後，波奇和娜娜也開始換衣服。

毫不猶豫脫下衣服的娜娜暴露出曼妙的肢體映入我的眼簾，但可不能就這樣繼續看下去。

我拜託露露在娜娜的面前擺設屏風。

「小玉妳也換衣服吧。」

「系。」

我催促著貼在窗戶上焦急張望外頭的小玉開始更衣。

這段期間裡我也沒有停止進行地圖搜尋。

剛才異變的中心果然是鬥技場的樣子。搜尋魔族後出現了好幾隻「短角魔族」，就位於剛才發現「自由之翼」餘黨的場所。

餘黨減少的數量和魔族增加的數量一致，所以應該不會錯。

「發生什麼事了？」

「又是魔族。」

「咦～又來了～」

真是的，希望他們好歹自我約束一下。

鬥技場裡有琳格蘭蒂小姐以及王子和他的隨行騎士們，再加上公爵直屬的五十級武官在內，等級超過四十的將近有二十個人。

雖然用不著我介入應該也能自行解決，但由於發生了剛才的波紋狀魔力，所以還是有備無患比較好。

為保險起見，我也讓露露、亞里沙和蜜雅三人換上我之前製作的新裝備。

而且還將使用許德拉翅膀皮膜所製作的耐火耐衝擊型斗篷發放給大家。

就在大家快要更衣完畢時，警報的鐘聲響徹了公都。

聽到這個聲音，一名女僕立刻從外頭衝進房間：

「士爵大人！緊急警報！我這就帶您前往附近的避難所，請跟我過來。」

據她所言，為防備魔族或大型魔物的攻擊，公都的貴族邸都設置了避難用的地下避難所。

在女僕領頭前往地下避難所的途中，和先前一樣的魔力波又掃過了三次。

看來異變果然還在持續中。

「好像還有什麼古怪。我來偵察一下，大家就先到避難所去避難吧。」

我這麼告知所有人，然後再度搜尋地圖。

根據地圖顯示，鬥技場的中央出現了新的魔族。而且是等級七十一的上級魔族。

儘管不具備魔王那樣的特殊技能，不過似乎會用「召喚魔法」、「精神魔法」、「焰魔法」之類的魔法。時間拖得太久可能會召喚出許多幫手，早點解決掉好了。

「亞里沙。」

「是？」

「要是情況真的不妙，我會用『遠話』魔法傳話，到時妳們要不顧一切緊急轉移至地下迷宮。」

「ＯＫ——！」

在女僕帶領下前往地下避難所的同時，我一邊告知亞里沙緊急時的應對方針。

「幫我轉達女僕小姐，就說我去鬥技場確認卡麗娜小姐的安危了。」

「好──」

將事情託付給爽快答應的亞里沙，我獨自一人溜出了伯爵邸。

透過雷達確認沒有耳目後，我變身成為勇者無名前往鬥技場。

總之，為了掌握鬥技場的狀況，先發動新魔法「遠耳」、「遠見」。

視野角落處開啟一道視窗，AR正顯示著目前鬥技場的影像。

『魔族啊！不，魔王啊！你們的命運就到此為止了！』

王子擺出演員般的姿勢向黃色皮膚的魔族這麼叫道。

黃皮魔族有兩顆頭，肩膀長出水牛一般的角。之所以有兩顆腦袋，應該就和其他上級魔族一樣由其中一顆負責詠唱吧。

能夠掌握遠處狀況的「遠耳」和「眺望」實在是相當便利。

『那把劍就是光之劍DEATH？原來是大和的子孫DEATH。』

黃皮魔族在與王子對話的同時一邊召喚出魔物軍隊，教唆他們攻擊琳格蘭蒂小姐和王子。

召喚似乎持續進行中，陸續被召喚而來的魔物湧入了觀眾席。

前者是三十到四十級的魔物，後者則是等級二十左右的較弱魔物。

觀眾席上好像有大會預賽落選的許多戰士們在觀戰，所以應該有足夠的戰力可以對抗，但要是恐慌爆發就無法有效抵擋。

『勇敢的戰士們！保護汝之鄰人！現在正是展現投身武藝的成果之時！』

這時候，響起了琳格蘭蒂小姐的美聲。

或許是聽完之後自覺慚愧，鬥技場的戰士們開始同心協力對抗魔物。甚至還有餘力保護非戰鬥人員讓其脫逃。

我將「眺望」的視野轉向貴賓席。

『公爵閣下已經將陛下帶往城堡！我們必須保護好諸位公子和重臣！』

看來替身陛下和公爵已經透過都市核的力量轉移至公爵城的謁見室了。能夠轉移的人數好像有限，下任公爵和上級貴族們都還留在貴賓席上。

卡麗娜小姐和俄里翁都面露不安，但看起來並沒有受傷。卡麗娜小姐配戴有拉卡所以應該不用擔心。

『結界！快架起防禦結界！退路怎麼樣了！』

『不行，下級魔族的自爆讓通道崩塌了。趕快確保其他的脫逃路線！』

貴賓席除了等級較高的騎士們，另外還有神官和魔法使，因此只要不直接暴露在上級魔族的攻擊之下就沒問題。

上級魔族用一隻手對付王子和琳格蘭蒂小姐，目光一邊東張西望後露出傾頭不解的神情。看來好像在找什麼東西的樣子。

一般觀眾席的通道平安無事，觀眾們彼此推擠著逃了出去。

我將觀眾席上的紅色痕跡和動也不動的人影逐出腦中，使用縮地趕赴鬥技場。

由於持續顯示影像會妨礙視野，所以我將視窗最小化。

隨著接近鬥技場，逃出的人們和馬車逐漸把道路擠得水泄不通。

發現我所奔跑的小巷裡開始不時出現人影後，我便使用天驅從天空趕往現場。

不久，我抵達了可以見到鬥技場外牆與黃皮魔族身影的場所。

雖然可能會被王子或其他想立功的人大罵「不長眼」，但鬥技場裡有我認識的人，還是趕快解決掉好了。

首先就用光魔法的「光線」打倒黃皮魔族這條大魚。

彷彿算準了我下定決心的那一刻，「那個」出現了。

天空浮現光的波紋，從中出現了一艘看似流線型銀色太空船的物體。

——喂喂，別突然變成科幻世界啊。

根據AR顯示，那艘銀船似乎叫「次元潛航船朱爾凡爾納」。由於是借用了超級有名的作家名字，所以很可能與原來世界的人有關。

那艘銀船的一部分開啟，從中伸出好幾根看似砲管的物體。

下一刻，伴隨著「轟隆隆」的聲響，無數的高速火彈射出並接連擊落飛在天空的魔物。

儘管對最重要的黃皮魔族似乎無效，但威力還真是驚人。

接著一名青色鎧甲的男人出現在船首——根據ＡＲ顯示，他正是勇者隼人・正木。

從面部開啟的頭盔中可以見到一張運動員般短黑髮且充滿男子氣概的精悍側臉。很像那種在純情的女孩子之間相當受歡迎的隱性帥哥類型。年紀二十五歲卻看起來很年輕。

他的等級為六十九，所以應該可以輕鬆應付黃皮魔族。

『老子登場！』

這句話似乎加上了挑釁系技能，地上的魔物紛紛殺向了勇者。

勇者頭盔正面的面罩不知什麼時候已經蓋上了。

『是勇者隼人DEATH？這麼慢吞吞地出現，看來已經做好領死的準備DEATH？』

『別以為老子還是以前的老子！今天一定要洗刷之前的恥辱！』

乘現在施展「光線」的話，應該可以瞬間打倒對方，但在聽到雙方的恩怨之後，就很難下得了手。

『給我退下，沙珈帝國的走狗！我要證明勇者可不是沙珈帝國的專利。』

第三王子啊，交給勇者處理不是很好嗎？

『《起舞吧》光之劍！』

這個《起舞吧》好像是什麼口令的樣子。

只見聖劍光之劍離開王子手中，飛上天空襲向黃皮魔族。

之前在博物館見到的繪畫儘管有些誇張，但似乎不是虛構的呢。

——啊，被彈開了。

你也太弱了，光之劍。

『聖劍在哭泣啊，王子。那傢伙可是遠古的大魔王——『黃金豬王』的首席幹部，倖存了數百年的最上級魔族啊。要是不想死就退下吧。』

舉起聖劍的勇者這麼告訴王子。

『《歌唱吧》阿隆戴特。』

勇者手持的聖劍阿隆戴特接收《歌唱吧》這句口令後發出了刺眼的聖光。

我的聖劍也存在這種口令嗎？

在詳細說明裡似乎沒看到的樣子。

我試著偷看一下迪朗達爾的詳細說明，果真沒有發現任何類似口令的記述。

等這場騷動結束後再慢慢花時間調查吧。

就在這麼思考之際，勇者的同伴們從船上現身了。

我懷著些許的好奇心使用「遠觀」技能和「放大」技能確認他的同伴身影。

一位看似神官，柔和可愛型的巨乳美女正在使用強化魔法。眼睛下方的那顆痣顯得格外性感。

竹葉狀耳朵的長耳族女戰士則是以長弓迎擊那些接近勇者的魔物。

她射出的箭會在中途分裂成十倍襲向魔物。真是充滿奇幻感的武器。

逃過飛箭的魔物們跳上銀船後著地，這次換成動作靈活的輕戰士和手持雙劍的戰士兩人瞬間將其排除。

她們跟小玉和波奇同樣都是耳族。鬆散狂野捲髮的虎耳族和短髮的狼耳族兩人，其誘人的身材絲毫不遜於從頭盔縫隙間可以窺見的美貌。

最後出現的是手持長杖，擁有奢華金色捲髮的爆乳美女。

雖然比不上卡麗娜小姐，但尺寸已經可以和她的姊姊索露娜小姐相互匹敵了。

見到這位金髮美女的ＡＲ情報後我嚇了一跳。

她叫梅莉艾絲特．沙珈，是沙珈帝國的第二十一皇女。

其皇女的身分固然讓我驚訝，但我最吃驚的在於「第二十一」字樣。皇帝先生，你也太拚了吧。

話說回來，勇者的同伴都是一群身材傲人的美女，讓我不禁想要對他說一句：「你這個現充爆炸吧。」

勇者隊伍似乎採取寸步不讓的架勢對上黃皮魔族。既然等級相差無幾，就這樣把黃皮魔族交給他們消滅應該沒問題才對。

至於我就識相一點，負責救助鬥技場內的性命和排除小嘍囉吧。

這麼做果然是適材適用呢。

勇者召喚

「無論陷入什麼樣的絕境，我們都不曾絕望過。畢竟最後的希望必定與勇者隼人同在。只要有他，不管什麼樣的逆境都能跨越。（勇者的隨從琳格蘭蒂）」

我們「勇者的隨從」擁有巴里恩神所賜予的護符。

那是以人們的祈禱和隨從的壽命為動力而發動奇蹟的神器。

至今我們從未陷入過需要「神授護符」的險境。

沒想到居然真的會在故鄉使用。這是今天早上的我萬萬想不到的——

當天，我從早上就一直鬱鬱寡歡。

因為決賽後的餘興節目，將由夏洛利克殿下和我在陛下的面前進行模擬戰。

早知道會這樣，我就不先行出發而是和隼人以及其他孩子們一起過來。隼人搭乘的勇者專用船朱爾凡爾納現在想必已經從長毛鼠酋長國出發了吧？

「琳格蘭蒂大人，時間到了。請您前往鬥技場內。」

我停止逃避現實，向前來呼叫的工作人員道謝後站了起來。

然後揮著手回應觀眾席上呼喚我名字的加油聲，一邊步向戰場。

「真是一場鬧劇……」

我從來就沒想過，一場不能打贏的戰鬥竟會讓心情如此沉重。

成為勇者隨從時所獲得的魔法鎧恰夫塔爾化為沉重的秤鉈拖慢了步伐。

與其這樣，倒不如去指導佐藤的劍術要來得更愉快刺激。那孩子雖然年輕，吸收技術的速度卻相當驚人。

在第一次見面的船上交手，還有昨天的比試當中他的身手都有大幅度成長。

或許他將來有一天會以勇者隨從的身分和我一起站在勇者隼人身旁也說不定。

想像著如此愉快的未來情景，我一邊走進鬥技場的待命圓圈裡。

近侍對此做出確認後，殿下便在對方的呼喚下從休息室現身。

對殿下本性一無所知的女孩子，整個鬥技場都充滿她們的加油聲。

伴隨著清涼的鳴響，殿下從藍色劍鞘裡拔出聖劍光之劍。

——真美。

我從沒見過其他如此美麗的劍。

感覺劍上發出的夢幻般藍光更增添了本身的美麗。

被聖劍光之劍的美麗所吞沒的我，腦中浮現出了敬愛的勇者隼人和他的聖劍阿隆戴特。

記憶中的聖劍阿隆戴特會釋放出強烈的藍色光輝，與其說是美麗，更讓人強烈地感受到一股可靠感。

「我宣布，『天破的魔女』琳格蘭蒂大人與『聖劍的佩帶者』夏洛利克王子的御前比武現在開始。」

身穿小丑般服裝的裁判朗聲說道。

可以見到殿下對於被叫到名字的順序不滿而皺起眉頭。氣量還是一樣這麼小。

配合比賽開始的信號，我對魔法鎧恰夫塔爾注入魔力。

魔法鎧恰夫塔爾的魔法迴路對我施加身體強化之力，同時在鎧甲的表面產生好幾層物理防禦的魔法盾。

雖然魔力消耗很大，但面對聖劍若不這麼做就會受傷。

接著，我在雷之大劍注入魔力以發動雷刃。

這把大劍是我在探索迷宮當中打倒「樓層之主」所獲得的強大魔劍。儘管略遜於聖劍，其性能仍傲視普通的魔劍。

「[redacted]——！」

就在進一步施加強化魔法之前我有種不祥預感，於是跳向一旁。

火焰彈高速穿過了我剛才所在的場所，被我避開後的火焰彈在身後散落爆焰。

——火杖？

不，那種速度是火燕杖。

那不是軍用武器嗎？這個笨蛋王子到底在想什麼？

「很懷念吧？這可是妳在學院製作的東西啊。」

殿下的聖劍勾勒出藍色的軌跡襲來。

——好快。

聖劍光之劍的使用者會飛，這個傳說似乎是真的。

我用大劍架開聖劍的軌道。

接著，沉重的一擊襲來！差點就傷到手腕了。

大劍刀刃上纏繞的雷電也未傳遞至聖劍上，就這樣在空中消散。

倘若對方用普通的劍，現在早就氣絕或處於麻痺狀態了。

我將大劍砸向殿下的腿部作為回敬。

殿下的白鎧所發動的防禦膜擋下了大劍。

不愧是王祖大和大人時代所製作的傳說級裝備，似乎具備了和隼人的聖鎧相當的防禦力。

我對魔法鎧恰夫塔爾注入追加的魔力以強化防禦力。

短期間內我準備用鎧甲抵擋殿下的劍，自己則是專注於攻擊。

——重擊技能發動。

命中率和攻擊精準度會降低，但如今我要的是威力。

——魔刃技能發動。

大劍泛出紅色光輝。

由於很耗費魔力所以我平常不會使用，不過現在保留魔力也沒意義了。

——銳刃技能發動。

我無意殺害殿下，但若不抱著殺死對方的心態就無法突破那具白鎧的防禦。

「雷旋烈刃。」

明明沒有必要，我卻叫出了招式名稱。

看來我也被隼人那個笨蛋傳染了。

還以為這次會被擋住，然而卻輕輕鬆鬆地命中並破壞了殿下的白鎧防禦膜。

——糟糕，要是不趕快收刀的話就會獲勝了。

我勉強收住大劍的力道，在給予殿下致命打擊之前停下了刀刃。

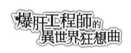

不過，殿下不可能會錯過我此刻失去平衡的姿勢。

我的腹部挨了光之劍一擊，整個人像皮球一樣被擊飛到鬥技場的地面。

——歡呼、尖叫和痛罵。

這一瞬間我彷彿昏了過去一般。

在朦朧的視野裡，可以見到殿下連續射出追擊的火焰彈。

看來我剛才停下大劍的舉動似乎傷害了他膨脹的自尊心。殿下的雙眼如今布滿了恐怖的血紅色。

我以詠唱速度較快的破裂來爆破並制止火焰彈。

不過，我的戰鬥就到此為止了。

突破觀眾席地板現身的畸形者們發出咆哮，被其呼喚後產生於天空的召喚陣——

——那個非常危險。

直覺傳遞了這個令我頭痛欲裂的危險信號。

我開始詠唱「魔法爆破」。

「[redacted] [redacted]——」

「發現無法用劍取勝，就改用魔法了嗎——琳格蘭蒂————！」

舉起聖劍的殿下向我突擊而來。

不行，殿下並未察覺上空的召喚陣。他的眼中只有我而已。

為了閃避殿下的攻擊，我只得中斷魔法的詠唱。

早知道這樣，剛才就不應該收刀的。

我終究無法阻止召喚。

召喚陣的底部出現了黃色皮膚的腿部，然後由此逐漸現出全身。

那是魔族，而且是上級魔族。

——隼人之前曾經提過。

他僅此一次從黃色上級魔族的手中逃脫。

他很懊悔地說，當時有一半的同伴為了讓自己逃走而壯烈犧牲了。那個強得超乎想像的隼人竟然會敗給他人，實在是難以置信，但如今終於可以理解。

那個根本不在同一個級別。

魔王會比那個更強嗎？

完全出現的黃色皮膚魔族開始下墜。超出人族三倍的龐大身軀落地時的振動讓我差點跌倒在地。

這種物理性的撼動讓我的心也跟著變得不穩定。

——打不過。

絕對打不過的。

這不是強詞奪理。我的靈魂在這麼吶喊。

很想立刻就逃離這裡。

幾乎心灰意冷的我之所以還能克制住，是因為意料之外的某人說出了一句話。

「魔族啊！不，魔王啊！你們的命運就到此為止了！」

殿下毫不畏懼地向黃皮魔族這麼叫道。

他並不是在虛張聲勢。倘若像這種時候，他在面對絕對強者時還有膽量虛張聲勢的話，我當初或許就不會取消婚約了。

……他竟然連對手的實力都看不出來。

黃皮魔族不解地傾著兩顆腦袋，然後將目光望向殿下手持的聖劍。

『那把劍就是光之劍DEATH？原來是大和的子孫DEATH。』

黃皮魔族刺耳的聲音背後可以聽見一種咆哮般的聲響。

對了！另一個不說話的腦袋正在進行詠唱。

為了妨礙詠唱，我將高詠唱速度的「破裂」砸向黃皮魔族。

不行——威力不足的下級魔法對方用手就可以擋住了。

光是速度快還不行。

我發動詠唱縮短，一邊詠唱出中級魔法「爆裂」。

大概無法趕得上，不過絕不能白白讓那傢伙的詠唱成功。起碼要讓對方付出一顆詠唱頭的代價才行。

黃皮魔族的詠唱結束，出現於地面的巨大召喚陣裡冒出許多巨大魔物。有蜈蚣、蠍子、螳螂甚至是雙角甲蟲。每一種都是強敵。

在這些魔物出現後遲了一些，我的「爆裂」朝著黃皮魔族的詠唱頭炸裂了。

在爆炸聲和爆煙的另一端，可以見到毫髮無傷的黃皮魔族。

很可惜，似乎沒能造成對方多大的傷害。看來黃皮魔族的魔法抗性相當高。

『有點痛DEATH。』

聽著魔族的這句玩笑話，我瞥了一眼觀眾席的模樣。

魔物至今仍從召喚陣裡不斷湧出，其前鋒不光是針對我和殿下，甚至還向觀眾席伸出了魔手。

雖然很想過去救援，但黃皮魔族想必不會默默讓我這麼做的。

這時候，上天的啟示讓我靈光一現。

觀眾席上不僅普通人，更有參加大會的眾強者。就把魔物交給他們對付吧。

我使用擴音魔法向會場的戰士們呼籲道：

「勇敢的戰士們！保護汝之鄰人！現在正是展現投身武藝的成果之時！」

呼應這個聲音，許多戰士都開始保護普通人不受魔物的攻擊。

只不過，被混亂所影響的人似乎也不在少數，更有糊塗之人明明附近有其他人卻仍對魔物使用攻擊魔法。

「各位魔法使，請優先對戰士們施展強化魔法。大家同心協力消滅這些魔物。」

或許是聽到這個聲音，原先與魔物零星戰鬥的人們開始彼此合作。

他們是強者，只要有個良好的契機就不會敗給那些魔物。

面對襲來的蜈蚣型魔物的觸手，我用纏繞雷電的大劍將其架開。

突擊槍甲蟲乘隙而入，但貫穿了魔法鎧恰夫塔爾創造出的「我的幻象」後飛到另外一端。

見到我和好幾隻魔物戰鬥，幾名戰士越過觀眾席的防壁趕過來幫忙。

我將魔物交給他們，必須先處理掉召喚陣這個元凶才行。

我利用他們爭取而來的時間詠唱「魔法破壞」，成功去除了召喚陣。

『嗯，果然沒有勇者DEATH～這樣一來，難得的禮物就沒意義了DEATH。』

黃皮魔族在嘀咕的同時一邊對召喚出來的魔物們施加強化魔法，看起來對召喚陣被破壞一事完全不在意。

『很奇怪DEATH～引發了這麼大的騷動，青色和紅色應該早就要出來湊熱鬧了DEATH。』

接手對抗魔物的戰士被蜈蚣殘忍地咬死。我緊急出手幫忙，但崩潰的戰線卻始終無法彌補。受重傷的戰士們紛紛與我換手並向後退去。

像這種時候，要是隼人和同伴們在場——

「啊哈哈～大姊姊，妳陷入苦戰了嘛～」

「別東張西望。我們快去幫忙殿下。」

少年騎士和希嘉八劍的雷拉斯先生前去支援殿下。少年騎士還順手砍斷了蜈蚣的一隻腳。

乘蜈蚣被少年騎士吸引注意力之際，我爭取時間詠唱三連發「爆裂」將其打倒。

儘管每次的詠唱時間都很長，但幸好「爆裂」還具有氣絕和後退效果。

「傳說中的古老魔族嗎……夠資格當我的對手了！」

舉起聖盾的雷拉斯先生朗聲說道，黃皮魔族的注意力遂轉移到他身上。

大概是在聲音中加入了「挑釁」技能吧。

紅色的洪流自黃皮魔族湧向了雷拉斯先生。

——真是了不起。

面對黃皮魔族所使用的火焰地獄，他仍動也不動地守護著少年騎士和殿下。

或許是一併使用了魔法，真沒想到除了隼人之外還有人能夠承受那樣的攻擊。

『哦？好懷念的盾牌DEATH。這招如何DEATH？』

黃皮魔族釋放出白色火焰的飛礫襲向雷拉斯先生。

過半數的白色火焰被聖盾表面擋開，角度較深的幾道卻將他連同聖盾一併貫穿。

我不能讓他被殺死。倘若他死亡，就沒有人可以支撐戰線了。

像這種時候，要是有隼人在身邊——

彷彿在呼應我的想法，胸前鎧甲的縫隙中冒出了藍光。

——說不定現在就可以使用了。

我解開胸鎧的金屬扣具，從胸前取出散發著強烈藍光的「神授護符」。

當渴望勇者的願望和對於巴里恩神的祈禱化為結晶之際，「神授護符」將會誕生奇蹟。

那個奇蹟名為「勇者召喚」。

倘若願望和祈禱不足，就會將使用者的性命一併燃燒殆盡的究極奇蹟。

我自己也很怕死。

不過，若這樣可以免除故鄉遭到蹂躪，我很希望奇蹟發生。

「偉大的巴里恩啊！請以我的願望和壽命為糧，召喚出勇者吧！」

這並非詠唱——

「我乃隨從！勇者隼人的隨從琳格蘭蒂！」

——而是對年幼女神巴里恩大人的祈願。

呼應我的祈禱，胸前的「神授護符」散發出閃光般的光輝。

來吧，朱爾凡爾納。

載著勇者趕赴戰場吧！

勇者隼人

「我被召喚至異世界擔任勇者是在九年前，高中二年級的春天。儘管當初要求我以勇者的身分打倒魔王時覺得很不知所措，但最後還是答應了。誰叫幼女神也很可愛啊！（勇者隼人）」

「我說，隼人。你認為魔王會在哪裡出現？」

「誰知道？別問老子這種困難的問題。」

梅莉艾絲特對我拋出這個問題，是在我們調查完位於鼠人族酋長國的繁魔迷宮後，為了追上先行一步前往下個目的地歐尤果克公爵領的琳格蘭蒂而出發之時。

「趕往魔王出現的地方然後將他打倒。這就是老子的工作。」

最初始終無法習慣自稱為「老子」，到現在卻已經成為下意識的反應了。

儘管有點蠢，但不擺出這種高高在上的勇者風格就無法保護同伴們不受那些貪心的權力者所傷害。

「啊哈哈，真有勇者大人的風範。」

「這也是沒有辦法的。神諭似乎也好幾百年沒分散成這麼多處了。」

虎耳的露絲絲和狼耳的菲菲這麼輕鬆說道。

兩人將身子探來我所坐的船長席，而我則是撫摸她們的耳朵。觸感真是舒服。

她們和我一起行動已有五年的時間，但足足過了三年才願意讓我摸耳朵。

「下個可能的地點是『活迷宮』所在處的希嘉王國迷宮都市賽利維拉，或者位於鼬人族帝國的夢幻迷宮。」

神官蘿蕾雅用溫和的聲音說出自己的推測。

書記官諾諾和魔法劍士琳格蘭蒂目前不在的情況下，能夠和魔女梅莉艾絲特相互爭論的人就只有蘿蕾雅了。

從兩人的話中聽來，迷宮剛復活的優沃克王國和迷宮死後化為遺跡的歐尤果克公爵領，還有最初就沒有迷宮的巴里恩神國都是機率不高的候補地點。

第七處位於其他大陸的國家，移動起來很費時，所以要等其他候補地點確定沒有魔王後才會前往調查。

就在我罕見地沉思之際，蘿蕾雅從後方抱住了我的腦袋。

「好重。」

「啊嗯！」

我隨手推開蘿蕾雅壓在我頭頂上的胸部。

明明被冷淡對待，蘿蕾雅看來卻很開心。

胸部只是脂肪的堆積而已哦。色色的人是不會了解的。

「勇者大人今天也是清心寡欲呢。」

手貼著紅潤的臉頰，蘿蕾雅這麼喃喃道。

真是的，這像神職人員講出來的話嗎……

啊啊，為什麼我的隊伍都是一群巨乳。起碼有個小女孩也好啊。

寡言女孩倒是有一個，但諾諾今年二十三歲又擁有E罩杯。要是有個寡言幼女，我一定會隨時隨地向她傾訴我的愛意。

唉，之前救下的那個中學生年紀的平胸少女實在很不錯。要是再早個五年遇到她，我有把握一定會向她求婚的。

這時候，定期回報的聯絡傳來。

坐在通信席的長耳族薇雅莉轉頭向我報告：

「隼人，賽利維拉的諾諾傳來定期回報。她說『風平浪靜』。」

「是嗎。」

按照梅莉艾絲特和蘿蕾雅的猜測，迷宮都市賽利維拉似乎是最可疑的地方。就算身旁有護衛，把非戰鬥人員的諾諾丟在那裡或許有些危險了。

「有沒有人願意去賽利維拉接替諾諾的？」

「咦～才不要。我要待在隼人身邊。」

「就是說啊～留在隼人附近就不愁沒有戰鬥呢。」

就算去了迷宮都市，倘若不潛入迷宮大概會心裡會癢得不得了。若換成露絲絲和菲菲兩人的話很可能會憋得發瘋而直接突擊迷宮吧。

過了半小時左右，潛入優沃克王國的斥候賽娜傳回了定期回報。

「我開始唸了──『貧窮小國今天也很和平。我實在很閒～』」

雖然很想跟諾諾一樣換個人過去，不過我的成員當中能夠潛入的僅有賽娜而已。還是請她繼續忍耐一下吧。

以勇者的身分很難啟齒，但我個人相當希望魔王出現在優沃克王國。

因為那個國家犯了滔天大罪，竟然把我的甜心當成了迷宮復活的活祭品。

當初聽到那個可愛的紫髮亞里沙公主被作為活祭品的消息時，我的眼前頓時一片漆黑。

由於為了提昇等級而一直待在沙珈帝國的迷宮裡修行，使我未能得知庫沃克王國滅亡的消息。這對我來說是一次痛恨的失誤。

自從那件事情以來，我不再將情報的取捨工作交給帝國，而是找了一位會最優先斟酌我意圖的書記官作為同伴。

◆

「琳還沒有定期回報嗎？」

真不像那個平常一本正經的琳格蘭蒂。

正如剛才蘿蕾雅她們所言，歐尤果克市的地下迷宮應該處於非活性化狀態，所以不至於出現魔王才對。

之所以降下神諭可能也是哪裡搞錯了吧。不過既然是琳格蘭蒂出生的故鄉，又有弟弟的婚禮要參加，於是我便同意她前往。

「隼人真是健忘呢～」

「一點也沒錯哦——對了，到底忘了什麼？」

可惡的露絲絲和菲菲，大家都那麼健忘。

「琳不是說過因為有事走不開，所以要把定期回報的時間改在中午過後嗎。」

對了。昨晚的定期回報中，她還抱怨過要和希嘉王國的笨蛋王子比試。

——就在這時。

船窗之外的景色忽然變成深灰色。

「——次元潛航？」

梅莉艾絲特望著深灰色的異空間這麼喃喃自語。

船會自己進入空間跳躍，就代表——

「有人使用了『神授護符』哦！」

「什麼叫有人，不就只有琳一個人嗎！」

「糟糕，糟糕了哦！琳不要緊吧？」

同伴們似乎也和我同一時間做出了結論。

可惡！明明就告訴過她，使用「神授護符」進行勇者召喚不僅會以壽命為代價，還很有可能因此喪命的。

「全員，就各自部署！」

由於太過擔心琳格蘭蒂的安危，我的聲音變得粗暴起來。

眾人在我的一聲令下鑽入座位，將耳麥般的魔法道具戴在頭上。

「隼人，冷靜點！你要對琳格蘭蒂有信心！」

這麼勸說的梅莉艾絲特，其聲音也不安地顫抖著。

我做了個深呼吸強迫自己冷靜，然後做自己該做的事情。

「老子在船首待命。駕船就交給薇了。」

「包在我身上。」

我扛著阿隆戴特趕往了船首。

穿過深灰色的空間，船回到原本的世界。

船首頂蓋的另一端可以見到大批的魔物。

——琳格蘭蒂沒事吧？

我尋找著可能出現在地上的同伴，一邊下達必要的指示。

「薇！全可動砲塔齊射！」

我對耳麥這麼吼道。

爆炸聲和閃光支配著天空，被砲火燒灼的魔物拖帶著黑煙墜落地面。

船首艙門的喇叭中傳來梅莉艾絲特的報告。

『琳平安無事哦。』

——太好了。總之暫且可以放心了。

『敵人是——』

梅莉艾絲特欲言又止。

我在視野中發現了梅莉艾絲特準備報告的那個對手。
出現在那裡的是和我結下樑子的對手。
想不到那傢伙居然在此……
遇見那傢伙是我被召喚為勇者後第三年的事情。
當時我們的隊伍自認為天下無敵，卻慘敗給了這個黃色的傢伙。倘若不是同伴們犧牲生命為我開出一條路，我或許早就被這傢伙殺死了。
不過，我已經不是當時的我了。
一定會讓你知道厲害。
不保留實力，打從一開始就全力以赴。
我發動特殊技能「最強之矛」和「無敵之盾」。
最後則是發動了「無限再生」。
無限再生是一個月只能夠使用一次的底牌，所以我原本想要留待魔王戰之用，但對上這傢伙的話要是不拿出全力就會敗下陣來。
雖然也打算使用加速的魔法藥，不過若不能在短時間內解決就等於下了一步壞棋，所以就忍住了。
我掀起頂蓋，整個人躍出戰場。

——好，像以往那樣報上名號吧。

「老子登場！」

嗯，真是舒暢。看到黃色混蛋後差點委靡的心又振作起來了。

受到我的「挑釁」，圍著琳格蘭蒂的魔物轉而朝著朱爾凡爾納突擊而來。

我看準擔任前鋒的狁狳型魔物刺出聖劍。

挾帶特殊技能「最強之矛」力量的藍光在聖劍前方形成力場，魔物被貫穿後破碎四散。

面對陸海栗放出的砲彈般黑色棘刺，我在其抵達聖盾前利用「無敵之盾」架起的隱形障壁反彈回去。

看來我今天也狀況絕佳。

『是勇者隼人DEATH？這麼慢吞吞地出現，看來已經做好領死的準備DEATH？』

「別以為老子還是以前的老子！今天一定要洗刷之前的恥辱！」

我將小嘍囉交給同伴收拾，自己專心對付黃色混蛋。

放下同伴之後的朱爾凡爾納在自動駕駛之下沉入次元的夾縫。

畢竟可不能在這種地方損失掉寶貴的船啊。

「給我退下，沙珈帝國的走狗！我要證明勇者可不是沙珈帝國的專利。」

——什麼？

從那手持藍光之劍的模樣來看，那傢伙好像是聖劍光之劍的佩帶者，希嘉王國的夏洛利克王子。

話說回來，真是不像樣啊。

有那麼一個使用者，聖劍也實在可憐極了。完全沒有發揮出聖劍的力量。

「聖劍在哭泣啊，王子。那傢伙可是遠古的大魔王——『黃金豬王』的首席幹部，倖存了數百年的最上級魔族啊。要是不想死就退下吧。」

讓我示範給你看！

什麼才是真正的聖劍使用法！

「《歌唱吧》阿隆戴特。」

右手的聖劍散發出更為劇烈的藍色光輝。

我發動飛翔靴，衝向了黃金混蛋。

今天的阿隆戴特可是與眾不同啊！

◆

——不知道究竟過招了多少次。

以魔法為主體的黃色混蛋竟能和我的劍相匹敵，著實動搖了我的自信。

不知道是什麼魔法，不過那傢伙的爪子延伸出來的黃光刀刃相當棘手。不管擊碎幾次都會再長出來，實在太犯規了。

鑑定技能告訴我，自己和黃色混蛋的等級僅有些許差距。

……可是，為什麼就是打不到。

我用「無敵之盾」擋下黃色混蛋的火焰攻擊，然後以「最強之矛」強化過的聖劍阿隆戴特突破那傢伙的防禦膜。然而，就在貫穿那傢伙周邊長出的鱗狀防禦膜時劍的威力也跟著被削弱。

簡直就像是勇者大和傳說裡「黃金豬王」的「金鱗障壁」一樣。

就算成功給予了對方些許的傷害，飄浮在那傢伙周圍的三顆球體也會將其治癒。即使先從球體開始解決，摧毀一顆之後又被召喚出下一顆。

——這樣下去的話會愈來愈陷入劣勢。

為我擔心的梅莉艾絲特此時從後方出聲喊道：

「隼人，不要只顧著一個人戰鬥！我們是團隊哦。」

糟糕，我太熱血了。

梅莉艾絲特說得沒錯，若不和同伴們齊心合作就無法戰勝強敵。

所幸幾乎所有的小嘍囉魔物似乎都由鬥技場另一邊的希嘉王國戰士們收拾中。

我不常來希嘉王國所以不清楚，但這個國家的戰士實在也不容小看。

包括那種不經意間與黃色混蛋保持一定距離的靈活身手也是，雙方就這樣維持著不過於接近的巧妙距離。

——就彷彿有人在暗中調整一樣。

我在腦中不禁這麼想道。

我還真蠢。就算看起來像小嘍囉，但那些魔物可是高達四十幾級啊。

倘若有人具備這樣的實力，我還真想把他挖進我們隊伍裡呢。

這個國家不光是戰士，就連魔法使也十分優秀。

幾位術理魔法使彼此接力，利用「理力之腕」魔法將留在觀眾席的傷患陸續運出場外。

儘管不知需要幾十人才能實現這種令人難以置信的搬運方法，不過他們平常想必就為了以防萬一而持續進行了嚴格踏實的訓練吧。

真是值得欽佩。

我在心中這麼讚揚對方時，有人狙擊了正準備向同伴們發動偷襲的雙角甲蟲的翅膀。

居然能擊穿覆蓋強力防禦膜的雙角甲蟲翅膀，真是個了不起的弓兵。

武器好像也很厲害，可是若沒有薇雅莉程度以上的身手是不可能一擊射穿在天空飛舞的雙角甲蟲翅膀。

這個國家究竟存在著多少達人？

我甚至覺得，該不會不用召喚我這名勇者，光靠這個國家的戰士和魔法使就能夠打倒魔王了吧。

不好，我竟然想把使命推卸給他人，簡直不配當個勇者。

起碼得靠我們的力量將黃色混蛋打倒，不然就有損勇者之名了。

我在重新挑戰黃色混蛋之前先對同伴們進行指揮。

露絲絲和菲菲兩人好像正在和蜈蚣型的魔物苦戰當中。

「琳！拜託妳掩護露絲絲和菲菲！」

「知道了！」

朗聲回答的琳格蘭蒂開始詠唱爆裂魔法。

率先詠唱支援魔法的蘿蕾雅好像快唱到尾聲了。

「薇，雙角甲蟲交給妳。等等會派露絲絲和菲菲去掩護，妳先幫忙爭取時間。」

「知道了，隼人。這邊交給我。」

不對，薇雅莉，我希望妳回答的是：「可以把牠們打倒吧？」明明是弓兵卻一點也不了解。

『你們的作戰會議差不多該結束了DEATH?』

嘖!還在納悶為什麼沒有發動攻擊……

我會讓你後悔這份從容的。

「梅莉,老子負責爭取時間!賞他一發大號的!」

「知道了!別太逞強哦,隼人!」

既然我一人的攻擊無效,就先用梅莉艾絲特她們的戰術級攻擊魔法打掉那傢伙的防禦,再由我給予致命一擊。

『人類的魔法太慢了DEATH。』

黃色混蛋在嘲笑的同時發出詠唱的咆哮。

那傢伙的攻擊魔法化為白色火焰的豪雨襲來。

我利用特殊技能「無敵之盾」強化過的聖盾完美擋下了這記猛攻。

『不簡單DEATH。進步到能抵擋「煉獄的白焰」了DEATH。勇者果然很有趣DEATH。』

乘著黃色混蛋這麼傲然評論之際,我向同伴們打出了手勢。

打倒小嘍囉的露絲絲和菲菲動身前往掩護薇雅莉。

「琳格蘭蒂、蘿蕾雅,要開始詠唱了哦。」

在梅莉艾絲特的指示下,三人利用「神授護符」開始詠唱。

護符本身有好幾種便利的機能，其中的詠唱同步能夠讓戰術魔法的威力和精確度獲得飛躍性的提升。

這個咒語——是禁咒嗎！而且是如假包換的戰術級禁咒。

我剛才的確說過「賞他一發大號的」，但戰術級的禁咒未免也太過分了。絕對會在這個都市裡留下無可抹滅的傷痕。

然而，上級魔法對那傢伙沒用。要殲滅回復球並給予黃色混蛋重大的傷害，的確需要戰術級禁咒的威力不可。

雖然很對不起這個都市的居民，但已經沒有其他辦法了。

只希望琳格蘭蒂的祖父和剛才的那些魔法使能夠早點讓居民們前去避難。

若造成重大的損失說不定會讓勇者的名聲掃地，不過要是這傢伙在此發威的話就不止這點損失了。和人命比起來，我的名聲根本就微不足道。

『很奇怪DEATH。為什麼青色或紅色都沒有出現DEATH？』

黃色混蛋環視觀眾席一圈後，傾著頭在喃喃自語些什麼。

我用「無敵之盾」防禦有些心不在焉的黃色混蛋所發出的攻擊。

總覺得這是千載難逢的機會，不過我現在也不可能離開後衛陣容。

『嗯，算了DEATH。勇者一行人的攻擊雖然又痛又爽，不過也差不多該讓勇者嘗嘗恐懼和絕望的滋味了DEATH。』

「哼，你這被虐狂！居然要讓老子恐懼？辦得到就試試看吧！」

『那麼，就盡情地享受我特地帶來的禮物DEATH。』

嘖！黃色混蛋似乎打算做些什麼。

胸口鼓譟般的預感讓我背部發冷。

我防範著那傢伙的攻擊，一邊喝下加速的魔法藥。

喝完苦澀的液體後效果逐漸顯現，周遭的動作開始變得緩慢起來。

除了僅能維持短時間的效果，效果耗盡時體力還會被抽去一大截，不過現在正是使用殺手鐗的時候。

黃色混蛋背後的頭頂上產生出巨大的召喚陣。

——豈能讓你輕易召喚！

「《歌唱吧》阿隆戴特，《奏響吧》托納斯。」

我唱出聖劍和聖鎧的聖句。

以我的魔力為起爆劑，構成聖鎧核心的賢者之石溢出大量的魔力，這股龐大的力量透過我的身體流入聖劍。

終於搶在黃色混蛋的召喚陣完成前準備完畢。

「閃光延烈斬。」

果然還是要呼喊必殺技才行。

以次音速揮動的阿隆戴特發出光刃襲向了召喚陣。

——嘖！

那傢伙，居然丟出一顆頭上的回復球在閃光延烈斬的光刃前將其擋住了。

我再次施展閃光延烈斬，但那傢伙這次卻以腳邊掉落的魔物屍體迎擊。

奮戰徒勞無功，召喚最終成功了。

「……什麼！」

飄浮於天空中的是托布克澤拉。

比在沙珈帝國見到的戰列艦更大——這麼說，全長在兩百五十公尺以上嗎？

「大……大怪魚？」

「不會吧？難道是黃金豬王曾經使役過的……那個？」

「那不是傳說中的空中要塞嗎？」

未詠唱的三人發出錯愕的聲音。

——大怪魚。

名字有些滑稽的這隻魔物等級為九十七。

由於快超出鑑定技能的範圍，我還以為看錯，但不管看幾遍都是一樣的數值。

我往自己臉上狠狠揍了一拳，以振奮因怯懦而顫抖的心。

雖然很想用梅莉艾絲特她們的禁咒將其連同黃色混蛋一解決，不過終究無法如此兩全其美。

我的任務是保護梅莉艾絲特她們不受黃色混蛋的攻擊。

既然這樣，那條大怪魚就只能用朱爾凡爾納的主砲打倒了。

儘管主砲所造成的周邊損害讓我憂心，但總比戰術級禁咒連發來得好。

「無論面對什麼樣的對手都不可退縮！」

我激勵膽怯的同伴們，同時以誇張的姿勢下達指示。

「薇、露絲絲、菲菲！讓朱爾凡爾納浮上來。」

之前擔心寶貴的次元潛航船損壞而一直隱藏在次元的彼端，然而現在可不是在意這個的時候了。

實在很對不起皇帝陛下，看來當初將船毫髮無傷帶回的約定可能無法遵守了。

「允許使用主砲。把朱爾凡爾納的寶石鑰拿去吧。」

我從無限收納中取出散發藍光的寶石鑰丟給薇雅莉。

順便再取出魔法藥暫時治癒因加速魔法藥而疲勞的身體。

『真是令人相當舒服的恐懼DEATH。』

這個黃色混蛋，你能得意也只有現在了。等到琳格蘭蒂她們詠唱完畢後就是你的死期。

我一口氣喝光魔法藥，然後仰望天空。

不知道在想什麼，大怪魚對這邊不屑一顧，只是盯著鬥技場的一角。

看不太懂，不過是個好機會。說不定是黃色混蛋召喚失敗後無法控制對方吧。

『嗯～殘留希望的話恐懼就會混入雜味，嘗起來滋味不怎麼樣DEATH。』

希望嗎？只要想著開心的事情就好了吧？

這場戰鬥結束後我要前去育幼院慰問——例如幫大家洗澡，哄著大家入睡等等，夢想真是無窮盡。

好！內心已經充滿希望。這樣一來絕對沒問題！

「只要老子還是勇者，希望就永遠存在。」

『笑死人了DEATH。』

黃色混蛋嘲笑著我的決心，同時指向天空。

落在鬥技場上的黑影一個接著一個遮擋住陽光。

——我完全沒察覺到。

天空中還繼續留有召喚出大怪魚的召喚陣。

——沒錯，我並沒有察覺到其用意何在。

召喚結束後仍未消失的召喚陣當中陸續出現了大怪魚。

包括最初的那條，數量總共是七條。

——原來如此，你們就是我的死神嗎。

我說，巴里恩小姐。

妳的世界難度未免太高了吧。

勇者無名

「我是佐藤。苦難往往突然降臨，但將其視為試煉或當成是日常的一幕，事情將產生許多不同的變化。」

乘著勇者在對付黃皮魔族的期間，我進行拯救人命和清除小嘍囉的任務。

從鬥技場外圍的尖塔環視整個觀眾席，我發現包括卡麗娜小姐在內的貴族們還未能脫逃。

實行恐怖攻擊的「自由之翼」和下級魔族都已經被收拾掉，目前看來是花了太多時間在清除瓦礫。

我從尖塔移動到觀眾席，利用物體的陰影處偷偷接近發生問題的場所。

可以見到荊棘般形狀的飛行型魔物從貴族們的正上方無聲襲來。

「各位，上空有魔物。」

這麼出聲的是卡麗娜小姐身旁的一位粉紅頭髮女孩。

周圍的魔法使和騎士急忙展開行動，但照這樣下去可能誰都趕不上。

增加受傷人數並非我的本意，於是我擲出腳邊的瓦礫以打亂魔物的軌道。

魔物猛烈撞上距離貴族們稍遠的地方，掀起碎片和塵土後撞破至樓下。

飛來的碎片有卡麗娜小姐和持盾的騎士們阻擋所以沒有人受傷。

「謝謝妳，這位姊姊。」

「不……不用放在心上哦。」

粉紅頭髮道謝後，卡麗娜小姐變得滿臉通紅。

看這種氣氛，卡麗娜小姐似乎可以交到朋友了。但願不要染上百合色彩就好。

其他魔物沒有靠近的跡象，所以我利用地圖的3D顯示確認瓦礫和通道的狀態，然後以術理魔法的「理力之手」開始去除障礙物。

這個之前只是用來惡作劇或製作鍊條，但集合一百二十隻「理力之手」的力量後也能當作重型機具使用。

結合起來可以換算為六十名成年男性的力量，一噸左右的瓦礫輕鬆就能清除了。

話雖如此，能夠發揮如此高搬運力的人似乎只有我一個，在通道前方賣力施法的三十級術理魔法使要去除米袋大小的瓦礫好像就已經相當吃力了。

「什……什麼？」

「是誰的魔法？」

通道前的人們自然開始騷動，但我仍不以為意繼續清除。

與其探討是誰做的，他們似乎更在意優先確保貴族們的安全，所以等我清除掉大塊瓦礫後便迅速確保了通道並陸續脫離。卡麗娜小姐和俄里翁也在其中。

普通觀眾和貴族們的脫離行動大致已經結束，於是我環視周圍準備支援那些和高等級魔物戰鬥的戰士們以及營救被留在觀眾席上的人們。

「嗚啊啊啊啊啊！」

小孩的尖叫聲讓我回頭，只見一名眼熟的槍術士單手拿著十字槍正在和甲蟲型魔物奮戰當中。

看樣子是為了保護孩子，腹部遭到魔物的利角貫穿。

而且這個尖叫聲似乎吸引了周遭徘徊的小型蟲型魔物，兩人的周邊陸續有蟋蟀般的魔物靠近。

「爸爸！」

「格拉歐！」

小孩向父親求救，但父親也已經半死不活了。

——不好，怎麼可以繼續看下去。

我從魔法欄使用下級土魔法「石筍」。

自觀眾席長出的石槍接連刺穿蟋蟀的腹部將其釘在半空中。魔物們不斷擺動手腳，但那個位置就是無法攻擊到小孩。

包括槍術士正在戰鬥的甲蟲，其利角也被石槍打斷，全身長出了無數的石槍使得動作變得遲鈍。

「雖然不知道是哪位，但感謝您的協助！」

槍術士的十字槍看準時機發動攻擊，給予甲蟲致命的一擊。

嚴重出血的槍術士膝蓋跪地。

「爸爸！」

我從暗處施展剛學會的治癒魔法以治療槍術士，然後將他與少年格拉歐一併利用「理力之手」抬起，就這樣跨越鬥技場的外牆直接送到場外。

我所施展的「理力之手」有效範圍似乎相當廣，非常方便。

突然被抬到空中的少年哇哇大叫讓我讓我有些心痛，不過為了安全第一，就希望他能諒解了。

觀眾席上不僅有和魔物戰鬥的魔法使及戰士集團，還可以零星發現來不及逃走的非戰鬥人員。

不光是非戰鬥人員，只要是有生命危險的人我都一律和剛才的那對父子一樣利用「理力之手」讓他們逃離至場外。

戰士們的注意力一開始被抬到空中的人們尖叫聲所吸引，待全部人避難完畢之後已經沒有任何人對此感到稀奇了。看來人類果然是很能適應的生物。

在讓非戰鬥人員避難的期間，我還一邊調整魔物的分布讓戰士們不至於互相傷到對方。

「唔哦哦哦，魔物浮在空中開始移動了！」

「嘖，可惡的魔法使。的確是得救了沒錯，不過至少先講一聲啊。」

戰士們在吃驚之餘一邊這麼罵道，但看不出他們臉上有一絲的不快。

那麼，既然已經讓人們避難完畢及調整完戰場，接下來就是解決小嘍囉魔物了。

無人對付的魔物有七十六隻，於是我擊出五組全力的「追蹤箭」將牠們快速解決。

或許是因為習慣了剛才的尖叫聲，即使發現魔物接連被收拾掉，武術家們也不會追究是誰使用的魔法。

這樣一來我倒是樂得輕鬆，不過總覺得使用隱蔽系技能在暗處移動的自己就像個小丑一樣。

就這樣，總算結束了觀眾席這邊的修羅場後，我將注意力轉至鬥技場的場地。

比想像中還要苦戰，勇者一行人卻仍以不屈的鬥志與黃皮魔族展開近身戰鬥。

只不過由於雞婆的闖入者，似乎讓勇者隊伍的後衛無法施展有效的攻擊魔法。

「可惡！竟然將我聖劍的一擊彈回！」

「殿下，後面！」

「唔哦哦哦哦。」

所謂雞婆的闖入者就是王子。

明明等級相差那麼多，他卻奮勇地繼續挑戰黃皮魔族。

最終他和少年騎士一起被蜥蜴型的魔物撞飛出去老遠，不過兩人看來都沒有生命危險，於是就放著不管了。

至於大盾老騎士稍早前為了保護王子而身受重傷，已經被抬到其他地方了。

「薇！想辦法解決那個雙角甲蟲！」

「這樣子根本無法集中攻擊蜈蚣哦。」

「不行。雙角甲蟲飛得那麼快，箭完全就打不中。」

勇者隊伍裡的三名耳族好像對空中不斷飛來飛去的雙角甲蟲束手無策。

——有那麼困難嗎？

雙角甲蟲的振翅聲相當刺耳，我於是從儲倉取出魔弓擊穿對方的翅膀根部。

——這下不是打中了嗎？

儘管射出的是普通的箭，不過就這樣在同一位置連續射中好幾根之後，翅膀破碎的雙角甲蟲終於掉落地面。

繼續搶奪別人的魔物也不太好，接下來就交給勇者隊伍中的那些女孩子吧。

空閒下來之後我確認鬥技場周邊的地圖，發現人們已經成功避難至最近的避難所或公爵城內了。

這樣一來，即使黃皮魔族施展大範圍魔法，所造成的人命傷害也相當有限。

沒有了後顧之憂，我於是決定觀看勇者們的戰鬥以作為將來的參考。

那麼，在沒有了王子的妨礙之後，勇者隊伍的後衛也終於可以使用攻擊魔法了。戰況進行得比剛才更為有利。

從無意間聽到的勇者和黃皮魔族的對話來推斷，黃皮魔族好像是我在魔王戰之前交手的「矣」魔族和「也」魔族兩人的同伴。

話說回來，黃皮魔族頭頂飄浮的那三顆球真厲害。即使勇者給予重大傷害一樣可瞬間回復。

根據ＡＲ顯示，那種球體並非魔法產物而是名叫「回復球」的魔物。大概是利用召喚魔法叫出來的吧。

每當勇者隊伍的後衛破壞「回復球」後對方又再度召喚出來補充，實在令人恨得牙癢癢。

──哦？察覺危機技能對頭頂上有反應。

向天空望去，那裡有個召喚陣。

黃皮魔族那傢伙不知道要召喚什麼，不過接下來的魔物在出現的同時就一律打倒好了。

剛好也可以用來試射新的中級魔法。

結果，從中出現的竟然是──

鯨魚？

明明飛在天上卻是鯨魚。

那全長三百公尺左右的龐大身軀，無疑是鯨魚沒錯。

大約有我在日本博物館見到的藍鯨實體大小模型的十倍左右，但這並不重要。

──鯨魚肉很好吃。

這個才是重點。

在場地上，勇者等人驚訝得忘記要戰鬥。

這也難怪。

既然勇者也是日本人，那麼一定知道鯨魚的美味才是。

等我確保了鯨魚肉之後再分他一些吧。

根據ＡＲ顯示，那似乎是名叫大怪魚托布克澤拉的魔物，所以就算在原來的世界也不至於被手段激烈的團體抗議才對。

這個叫驅除害獸，確保珍貴的蛋白質來源。

——啊啊，好久沒見到鯨魚了。

……看著看著，嘴巴裡就不禁湧出口水。

那麼大的尺寸，實在很難想像要分幾餐才吃得完。

大和煮是一定要的，還能做成什麼呢？

就在我仰望著大怪魚思考著調理方法之際，不知為何竟然與大怪魚四目相接了。大概是對方感覺到了生命危險吧。

要是被牠逃掉就太過可惜，還是一擊迅速將其打倒好了。

唉呀——魔族啊。

只要有心就一定辦得到嘛——

我不禁就要手舞足蹈起來，然而那並非只有一條。

召喚陣裡居然又追加跑出了六條來。

真是讓人笑得合不攏嘴的狀況。高級食材主動送上門來，實在讓我太開心了。

之後我又等了一會，好像就到此打住了。等一下說不定還會有追加的鯨魚，所以就先不要破壞召喚陣好了。

那麼，解體鯨魚的話可不能傷到肉本身，於是我決定用光魔法的「光線」砍掉其腦袋後立刻收入儲倉裡。

原本很想展現一下王者之劍的鋒利程度，不過對方太過龐大而刀子無法切到。

這個「光線」以中級魔法來說威力較弱。只不過由於像「魔法箭」一樣可以擊出多發，所以我準備利用光魔法「聚光」集結成一束以提高威力和收束性。

將地圖顯示成3D後，我得以模擬出正確的雷射軌道。

計算時發現照射時間不太夠，所以我決定像脈衝雷射那樣連續切換開關來射擊。這樣一來一次攻擊就可以解決掉七條了。

連續使用魔法也是個辦法，但拖得太久讓牠們逃入召喚陣另一端就不好了。

決定方針後就趕快實行！

令人感受到壓力的閃光和強烈的臭氧氣味產生。

我藉助「光量調整」技能將類脈衝雷射的軌道導向位於閃光背後的鯨魚。

脈衝雷射切下鯨魚的腦袋，餘波還擊穿了遙遠彼端的雲層。

和最初那一條同樣俯視著我繞圈圈的其他鯨魚不約而同地翻動身體。

現在想逃也太遲了。

我砍下第一條鯨魚的腦袋後並未停手，順勢就這樣砍掉了剩下六條鯨魚的腦袋。

——很好，一擊解決！

如此龐大的質量要是掉落地面就慘了，於是我立刻用天驅和縮地接近並伸出「理力之手」將所有的鯨魚回收至儲倉。

不知道是被烤熟或血肉蒸發的緣故，待在鯨魚肉的附近覺得有點熱。

明明是用雷射燒斷卻灑出大量的體液。但即使是體液也具有龐大質量，放著不管可能會對地上的人們造成重大傷害。

片刻之間做出判斷後，我將「理力之手」以細長的型態伸出，逐一把體液收納在儲倉。

體液中有看似寄生蟲的生物殘留在空中，所以我針對會掉落在鬥技場外的寄生蟲優先以「光線」加以抹殺再收入儲倉。

由於射擊角度的關係有些寄生蟲來不及收拾，不過位於正下方的王子應該會出手打倒吧。

結束一連串的處理過程後正在喘口氣之際，我發現原本充滿喧囂的鬥技場變得靜悄悄。

……呃～

要怪就怪鯨魚肉太美味了！

＞獲得稱號「整理人」。
＞獲得稱號「無形的支援者」。
＞獲得稱號「戰場的支配者」。
＞獲得稱號「弒大怪魚者」。
＞獲得稱號「光術師」。
＞獲得稱號「天空的廚師」。

◆

——糟糕。

為確保鯨魚肉而稍微用力過猛了

感覺大家都在一直看著我。所幸鯨魚蒸發之後的血液化為霧狀，他們應該看不到我的模樣才是。

而且也沒有發現像我一樣會使用「眺望」的人。

反正現在躲藏起來也太遲，就算我的勇者無名裝扮被看到也不要緊。

只不過，要是被看出無名就是佐藤的話就傷腦筋了。

看來我在深夜的魔法修行時和亞里沙一起構思出來的勇者無名・版本Ⅲ終於到了登場的時候。

我從儲倉取出新衣服快速換上，然後藉助「變聲」技能改變成女性配音員所配的那種少年聲音。

那麼，這就開始扮演和我相差甚遠的那種愛裝熟又無禮的個性吧。

至今我都克制自己對黃皮魔族出手，但按照版本Ⅲ的個性設定，我就是個不長眼的傢伙，所以就積極地出手攻擊好了。

我以自由落體也為之遜色的速度急速往地面降落，使用「追蹤箭」破壞掉鬥技場內剩下的幾隻魔物和黃皮魔族的回復球。

其餘的追蹤箭我轉而用來攻擊黃皮魔族，卻被黃皮魔族以火焰魔法迎擊燒掉了。

「——是誰！」

『什麼人DEATH？』

勇者和黃皮魔族不約而同這麼問道。

兩者之間彼此保持距離，卻一直在提防著我這邊。我降低高度，來到距離地面十公尺左右的位置。

「我叫無名。請多指教。」

我用年齡性別不詳的聲音和口吻回答。

——危險。

察覺危機技能告訴我勇者背後的美女方向傳來威脅。

說到這個，她們已經詠唱了兩、三分鐘之久。可能是某種上級魔法，不過從察覺危機的反應來看，應該不是可以在市內施展的魔法級別。

不行——若不阻止就會很危險。

如此焦躁的感覺自魔王戰以來還是第一次。我查看紀錄後，那應該不是精神魔法。

最好的辦法是說服勇者讓她們中斷詠唱，不過似乎已經沒時間和他商量，我於是採取略微粗暴的手法。

首先用「魔法破壞」強制中斷她們的咒語詠唱。

當然，魔法的結構被破壞後，失去方向的魔力便會湧向四周。

我從深夜各類魔法實驗的經驗中預測到此一情況，然後用「理力結界」保護這些美女。

雖然不是很強的防禦魔法，不過似乎成功守住了。

只不過，魔法強制中斷所帶來的反作用力讓美女們紛紛蹲坐在地。

「你做什麼！」

勇者跑向這群美女，同時出聲對我抗議。

「抱歉。因為那個魔法太過危險了。不好意思，我已經將它中斷了哦。」

我聳聳肩膀用輕浮的語氣道歉。

既然是勇者，還是希望對方能多顧及對於周邊造成的損害。請多多向重新放映的《飛翼超人》學習一下吧。

『真是笑死人DEATH。莫非起內訌了DEATH？』

黃皮魔族叫出新的回復球這麼嘲笑道。

『你大概是用幻術把大怪魚拉回召喚門了DEATH？想不到這裡居然還是有聰明的雞蛋DEATH。』

什麼？是這樣解釋的嗎？而且雞蛋又是什麼東西？某種黑話嗎？

看來對於黃皮魔族來說，用一發雷射打倒大怪魚的離奇光景好像被他當成了幻覺看待。

緊接著，察覺危機技能又告知我有新的危險。

是來自於勇者從空間夾縫中冒出來一般的銀船。

船首起先游移不動，幾經猶豫之後將充滿白色光輝的船首主砲對準了我。

從勇者剛才抗議的模樣看來，他好像把我斷定為敵人了。

——真是一群武斷的傢伙。

我在心中這麼痛罵，不過我的這身打扮從客觀角度來看也不能怪他們。戴著面具果然怎麼看都不像正義使者吧。

伴隨某種具現代感的音效聲，銀船擊出了光線。

我利用光魔法「聚光」將光線的方向偏移至上空。

從撥開光線之後的觸感判斷，大概有我的「光線」四道至八道左右的威力。

發射光線的船首變得又紅又燙，大概不久就會停止攻擊了吧。只不過撥開光線也很糟蹋能源，於是我將其用來消滅黃皮魔族再度召喚出來的回復球。

『竟然能夠扭曲光船的光線DEATH？還以為只是普通的雞蛋，原來已經孵化了DEATH。』

黃皮魔族對我說了這句莫名其妙的話。

所謂光船大概就是勇者所搭乘的銀船吧。

勇者正在向船內的同伴喊些什麼，不過船員們似乎沒有聽見。

「你也太不中用了，勇者！《起舞吧》光之劍。」

——奇怪？

王子好像還平安無事。

繼銀船之後，王子也把我視為敵人而擊出飛天聖劍。大概是因為被鯨魚血從頭上淋得全身都是而感到不爽吧。

我將臉錯開一邊以躲避聖劍，然後在聖劍通過身旁之際抓住了劍柄。聖劍在手中掙扎，但被我一口氣吸取魔力之後就安分下來了。

——話說回來，王子……

如今變成挺落魄的模樣呢？

鎧甲半毀，暴露出的皮膚留有無數看似被魔物啃咬的傷痕。真佩服他還沒有失血過多而死。

那可能是王子與附近掉落的寄生蟲死鬥的痕跡吧。

持有聖劍的王子應該能輕鬆打倒寄生蟲，所以我就放著他不管，但從這副模樣看來好像經歷了一場苦戰。

在他身旁，少年騎士不知什麼時候已經回歸戰場，如今正瘋狂大笑一邊用劍戳著魔物的屍體。

就在我分心觀察王子之際，黃皮魔族在腳下製作出遣返陣企圖逃走。

——休想逃走哦？

我迅速使用「魔法破壞」摧毀遣返陣。

接著以縮地急速接近，利用「魔力搶奪」奪取黃皮魔族的魔力。

遺憾的是好像無法一口氣奪走全部的魔力。每次似乎只能奪取三百MP而已。

『唔唔唔！區區一隻小雞，怎麼可能如此輕易奪走我的魔力DEATH！』

這傢伙從剛才就說著雞蛋或小雞之類聽不懂的話。我喜歡雞肉，但可不喜歡被人當成雞肉。

我以縮地四處追趕想逃離我「魔力搶奪」射程的黃皮魔族，逐步奪取其魔力。

等級七十一的話應該會有七百一十MP才對，不過我使用了三次「魔力搶奪」後卻仍沒有枯竭的跡象。看來魔族的保有MP比人族遠多得多。

再重複大約十次後魔力就無法再搶奪。黃皮魔族這傢伙的MP總量居然比我還要多。

搶來的魔力是多餘的，我便注入恰好拿在手上的聖劍光之劍。

單手劍尺寸的聖劍在注入魔力後逐漸變大。若亞里沙在場一定會想歪，臉上浮現意有所指的笑容吧。

聖劍光之劍注入五百MP的魔力後就停止膨脹。其大小跟博物館裡的差不多。

看樣子，那個複製品是基於實物而製作出來的。

『唔唔唔，看來小雞的來歷應該是吸血鬼真祖的同類DEATH。』

這次又被當成吸血鬼了嗎……

總之既然已經搶光魔力，我就展開先以「魔法破壞」摧毀防禦魔法再進行毆打的連續攻擊。魔族好像在說什麼，不過就當作耳邊風吧。

在黃皮魔族的防禦魔法被剝得一乾二淨，體力也被削減了九成後，我將黃皮魔族丟到勇者一行人的面前。

「——滋！」

面對眼前飛來的黃皮魔族，勇者的聖劍阿隆戴特毫不遲疑地將其一刀兩斷。被砍成兩半的黃皮魔族化為黑色粉塵消失了。

看來防禦魔法消失後，果然就可以用聖劍輕鬆打倒了。

試著來開發一下可以一口氣破壞多數魔法的新魔法好像也不錯。

黃皮魔族消滅時曾大叫：『我要求重新再來DEATH。』不過我直到最後仍不了解對方想重來什麼。

勇者手持出鞘的聖劍阿隆戴特走到我的面前。

「——你到底想做什麼？」

「對方不是跟你有仇嗎？」

「哼，老子可不會道謝啊。」

「無妨哦。反正禁咒成功發動的話就能打倒對方了吧？」

從黃皮魔族的從容態度來看應該有對抗禁咒的手段，但特地指出這點就未免太不解風情了。

話說回來，這種語氣真是失敗。雖然比寡言角色來得好，就是講話太彆扭了。

「話說回來，那個笨蛋王子快沒命了，不去救他沒關係嗎？」

我聽了勇者的話轉頭望向王子，只見他正倒在血泊裡被好幾隻看似線蟲的小嘍囉魔物蹂躪中。

——真奇怪。

儘管至今搞得渾身鮮血和肉片的血腥模樣，他應該與魔物之間互有勝負才是。

對於這樣的王子，勇者無意積極地前往救援。

我也沒有義務要幫他，但只要打倒那些魔物，鬥技場的騷動就宣告終結，所以我還是不情不願地決定出手。

這種魔物最初看到時僅有二十級左右，裡面卻在不知不覺中夾雜了幾隻五十級的個體。

看來牠們似乎是利用了名為「搶奪生命」的技能從其他魔物和王子身上奪取等級和生命力而獲得急速成長。

——原來如此。

難怪王子的頭髮莫名其妙變白了。

畢竟之前臉上沒有什麼皺紋，等級也明明就在四十五級以上，結果剛才一看居然掉到二十級左右了。

少年騎士的處境也和王子類似，不過比起王子好了很多。等級勉強維持在三十級，頭髮雖白但並未老化。

真是可悲，倘若王子沒有對我擲出光之劍，他現在的狀況應該會好一些吧。

乘著兩人還沒死之前趕快打倒魔物吧。

使用追蹤箭會比較快，但既然有聖劍就用用看吧。

「《起舞吧》光之劍。」

從我手中浮起的光之劍像疊起的紙張分開一樣增加數量。

——哦哦！

就在我驚訝之際，聖劍分成了十三片薄薄的劍身，位於實劍外側的藍色光輝形成刀刃。

不僅如此，視野裡還有和「追蹤箭」一樣的ＡＲ顯示鎖定框。

軌道同樣也可以設定的樣子。我就這樣朝著小嘍囉魔物擊出刀刃。

刀刃陸續將魔物切碎，轉眼間結束殲滅行動。

那麼，離場前稍微治療一下王子瀕死的傷勢好了。要是就這樣死掉，就彷彿是我吸引魔物過來殺人一般實在良心不安。

生命力強大的寄生蟲型魔物再生的話相當麻煩，所以先我伸出「理力之手」將其殘骸回收至儲倉，再用水魔法治療留在地上的王子等人。

原本只打算恢復一點，沒想到一次就讓王子他們的體力完全回復了。

白髮和老化並未治癒，不過我可不打算照顧得這麼周全。

身為大國的王子應該會有回復的方法吧。例如返老還童藥或前往神殿之類的。

兩人的裝備都被破壞而變得半裸，所以我將以前從盜賊那裡回收的斗篷蓋在他們身上。

鬥技場的彼端有鳥人族的偵查隊飛來。

看來領軍終於過來了。確認地圖後，目前有四十五具鋼鐵魔巨人和以騎士為主力的三千人包圍了鬥技場。移動砲台好像也來了好幾具。

「嘖！居然現在才過來。」

「勇者，我也差不多該告辭了。」

我向這麼咒罵的勇者告別。畢竟再不退場就會有麻煩了。

「我不太想接觸那些有權有勢的人。」

不好意思，其實我已經站在權力者那一邊了。

「老子了解你的感受。或許你已經看出來了，老子就是勇者隼人．正木。雖然很容易混淆，但正木才是老子的姓氏。你也是日本人——不對，從那頭髮看來應該是轉生者吧。你從前是日本人對吧？」

「我是不是日本人，這點應該用不著明說了吧？我是勇者無名。說不定有朝一日我們會在戰場上相見。」

登場時曾經報過一次名號，但為了配合勇者隼人的自我介紹，我於是再一次報出自己的名字。

話說回來，我還是第一次遇到自稱為「老子」的人呢。

「等一下！」

勇者叫住了準備離去的我。

「什麼事？」

「剛才老子的同伴發砲，實在很對不起。還有……感謝你幫忙消滅魔族。」

奇怪？謝罪還另當別論，你剛才不是說「不會道謝」嗎？

或許是看出我的想法，勇者繼續補充：

「老子無意讓你施捨消滅魔族的功績，也不想對你雞婆的行動道謝，不過多虧有你的幫忙，才能在老子的同伴完好無缺的情況下消滅掉上級魔族。所以，這件事必須要坦率地向你道謝。」

原來如此，我讓出最後一擊的舉動似乎傷了勇者的自尊心。

「是嗎。我就接受你的謝罪和感謝。」

「等一下！你要不要跟老子並肩作戰？在與魔王的戰鬥中老子需要你啊。」

——噁！

起碼改成「需要你的力量」會好一點吧。

幸好我有無表情技能，沒有露出奇怪的表情。

「那是在求婚嗎？多謝你的邀請，不過還是容我推辭吧。」

「不……不是這樣！」

面對我的挖苦，勇者紅著臉否定的樣子更加深了他的同性戀嫌疑。

我對同性戀者沒有偏見，但我是個異性戀者，被男人接近也不會覺得高興。

這時軍靴的聲音響起，領軍的先遣部隊出現在觀眾席上。

「那麼，再見了。」

我向勇者揮揮手，然後飛上天空。

「嗯嗯，下次就在與魔王的戰場上再會吧！」

糟糕，忘了告訴他魔王已經打倒了。

「倘若你是說出現在公爵領的魔王，我已經將他打倒了。」

或許是急著出門，我的稱號並非「真正的勇者」而是「勇者」，於是我重新換上前者。

「——咦？」

我的話讓勇者驚訝得眼珠子縮成一小點。

他大叫：「怎麼回事？」但聲音卻被先遣部隊的「王祖大人」口號蓋過去了。

——王祖大人？

面對這個疑問，我用「眺望」魔法觀看自己的模樣後就理解了。

分成十三片的聖劍光之劍在我周圍飄浮的模樣，像極了博物館裡的王祖畫作。

看來他們似乎誤會我是王祖大和再次降臨了。

話說回來，王祖大人應該是個揮動兩公尺長大劍的壯碩男人才對。

如今我這身纖瘦的模樣實在搭不起來。搞不好是那些斥候距離太遠而看不出我的身材吧。

總覺得現場的氣氛讓人很難待下去，我於是決定趕緊離場。

在利用天驅上升數百公尺後，我再以風魔法的「大氣砲」加速。

速度實在很快，輕輕鬆鬆就超過了時速兩百公里。有時間來實驗一下最高速度吧。

話說，消失在天空彼端的這種離場方式，還真像八〇年代的英雄呢。

鯨魚肉派對

「我是佐藤。據說出現在營養午餐裡的鯨魚肉，其調理方法會暴露出當事人生於何種年代，但實際上每個地區都有不同的做法，所以無法一概而論。東西很好吃才是重點所在呢。」

「太好了！今天是和風餐點呢！」

見到餐桌上擺放的菜色，浴衣打扮的亞里沙頓時興奮起來。

桌子上擺有竹筍炊飯、味噌湯、筑前煮、昆布捲、燉豆、毛豆、油豆腐、冷豆腐、大和煮，還有喜歡吃肉的孩子們專用的一大堆唐揚（註：日本的烹調方法。將肉類切成小塊，調味方式不限，以醬油、蒜、薑等醃漬後，裹麵粉放入油中炸）。

「和風～？」

「是輕飄飄的喲！」

小玉和波奇不了解「和風」的含義，但看到堆積如山的唐揚後高興得蹦蹦跳跳。她們能夠覺得開心就好。

卡麗娜小姐和其他孩子們也打量著料理眼中閃閃發亮。今天是和風日，所以不光是餐點所有人都和亞里沙一樣身穿浴衣。

娜娜和卡麗娜小姐被亞里沙包得非常緊密，因此胸前一點破綻也沒有。

真可惜——不對，真是健全。

「這是什麼香味呢？和炸雞塊的味道不一樣。」

莉薩面對堆積如山的唐揚陶醉地瞇細雙眼，蹦蹦跳跳的小玉和波奇也也站在左右兩邊開始抽動鼻子享受香味。

蜜雅的位子前擺放著我這次第一次挑戰的新炸物。

「炸蔬菜餅？」

「是啊，我嘗試幫蜜雅妳製作了蓮藕和蘆筍的炸蔬菜餅。」

「佐藤！」

笑顏逐開的蜜雅抱住我的腰部。

她之前見到其他孩子享用炸雞塊時就很羨慕，所以我試著製作了一番。看樣子她比我想像中要更高興。

「主人！味噌湯上漂浮著黃色的星星——這麼報告道！」

娜娜將臉湊近裝有味噌湯的餐具，發現星形的地瓜之後興奮地拉著我的手。

這是將蒸過的地瓜攪拌成泥之後烤成星星的形狀。由於纖維很多去除起來相當費事。雖然出奇費工夫，不過看她這麼高興實在是有了回報。

「哇啊！第一次吃到這麼豐盛的大餐。」

「艾莉娜，我們是隨卡麗娜小姐一起受邀的，千萬別忘了分寸。」

「是～」

今天是慶祝獲得了大量的食材，所以我也一併邀請卡麗娜小姐的護衛女僕碧娜和艾莉娜用餐。

那麼，我準備等到大家都就座之後開始用餐，不過亞里沙卻太過興奮而遲遲不肯坐下來。

「嗚哈！這邊不是還有燉豆嗎？哦哦，連毛豆都有！唉呀～要是還有上面放了蔥和薑的冷豆腐的話，我就要高興得瘋掉了哦。」

「亞里沙妳也真是的。高興歸高興，先坐下來吧。不然大家都不能喊『開動了』不是嗎？」

「是～露露姊。」

被露露責備後，興奮的亞里沙舉起手來這麼回應。

於是，大家在亞里沙活力暴增三倍的「開動了」之下開始用餐。

「好吃喵～」

「超ＧＯＯＤ又究極喲！」

「好厲害……每次咀嚼都會湧現出美味。」

小玉將唐揚塞滿嘴巴，一邊說出名古屋人般的感想。

波奇想要表達美味，語彙一直在原地打轉。

莉薩則是感動得幾乎要掉眼淚。

「主人，這個肉太棒了。每一口都彷彿都會有力氣湧上全身似的。」

「真是的，莉薩小姐也太誇張了～總之我就先從唐揚開始享用了！」

亞里沙對莉薩的發言一笑置之，然後張大嘴巴投入唐揚。

「哦哦！這個……真好吃。以前從來沒吃過——嗯？不過總覺得很熟悉………」

一臉正經地皺起眉頭，亞里沙繼續咀嚼著唐揚。

「姆～？這是什麼的唐揚？不是雞肉也不是豬肉。記得以前的確吃過，可是就是想不起來～」

亞里沙細細品味著，一邊傾頭不解道。

「——我知道了，是鯨魚肉對吧！」

真不愧是亞里沙。

「以前營養午餐時還會做成大和煮或龍田揚（註：調味料基本上只限定用醬油的炸物，裹太白粉炸）哦～不過，真虧你能弄到鯨魚肉呢。」

「嗯嗯，因為運氣不錯啊。」

嗯，今天真的很幸運。

高級食材竟然會自己送上門，這只能用幸運二字來形容了。

「要順便試試大和煮嗎？」

「唔哦哦哦～！我要吃我要吃！」

我讓她試吃一下分裝在小碗裡的大和煮。

這東西竟然沒人動手，真是可悲。難道是外觀太不吸引人了嗎？

原本還打算做成茄汁口味，不過這個世界還沒弄到番茄所以就放棄了。

「果然還是鯨魚肉好吃——」

喜孜孜地大口吃著大和煮的亞里沙忽然停下動作，笑容跟著凍結。

「——奇怪？鯨魚？」

是調味不好嗎？

「……主人，你說今天的敵人是上級魔族還有什麼？」

跪坐在我身旁的亞里沙小聲在我耳邊詢問。

魔物倒是有很多種，不過我可以想像到亞里沙想問什麼，所以就用周遭聽不到的音量告訴她：

「是大怪魚哦。」

「大……大怪魚就是那個吧？王祖大和的肖像畫裡出現的飛空——鯨魚，是嗎？」

我點頭回應亞里沙的問題。

想必王祖大和也享用過消滅之後的鯨魚肉吧。

「大……大怪魚……空中要塞……」

亞里沙這麼喃喃自語，停下了動作。

奇怪？不喜歡大怪魚的肉嗎？

「——美味的食物是無罪的！」

低頭緊咬嘴唇的亞里沙猛然睜開眼睛這麼喊道。

「無罪～？」

「是勝訴喲。」

小玉和波奇從胸前取出扇子展開，在亞里沙的身旁跳舞。

大概是亞里沙教她們的，小玉和波奇表演的典故真是成謎。

「亞里沙！不可以把腳放在桌子上！」

「是，對不起！露露姊！」

乘勢將一隻腳放在桌子上的亞里沙被露露斥責後擺出「立正」的姿勢道歉。

小玉和波奇則是挨了莉薩的罵。

因亞里沙的反應而讓大家忘記的莉薩那句發言，其實我在之後進行驗證的結果中得知她的直覺猜得很準。

再經過能夠監控自己能力值的亞里沙一起驗證後，我發現攝取唐揚鯨魚肉之後的一定期間內，力量和耐力都會提昇一成左右。

以手邊的素材確認，普通食物沒有這種效果，似乎只存在於部分的魔物食材。今後我打算再進一步研究。

順帶一提，唐揚鯨魚肉深受大家的好評。

「每一口～」

「都是肉會湧出來的活魚生吃喲。」

嗯，波奇，我知道妳很中意，不過先冷靜下來吃好嗎？不要說什麼肉會湧出來，實在怪恐怖的。

這讓我不禁想起了以前遊戲中所看過的肉人。

「莫非這種唐揚並非什麼昂貴之物嗎？」

莉薩憂心地這麼詢問。

從再多錢也買不到這一點來說的確是很昂貴，不過一條不知道有幾萬噸重所以是吃不完的。

「喜歡嗎？還有很多，妳就盡量吃吧。」

「——是的！」

莉薩聽了我的話之後握拳點頭。吃東西時放輕鬆一點吧，莉薩。

或許是相當合胃口，獸娘們和卡麗娜小姐都拚命吃著唐揚鯨魚肉。

卡麗娜小姐和她的女僕們忙著咀嚼而變得寡言。

「小玉、波奇，那個唐揚是我確保的，妳們就拿雙手叉子上的唐揚將就一下吧。啊啊，卡麗娜小姐，請不要那麼狼吞虎嚥，多品嚐一下滋味。」

——冷靜點，莉薩。

大概是因為堆積如山的唐揚迅速減少而感到不安吧。

我拜託站在牆邊微笑的侍餐女僕從魔法保溫箱裡拿來補充的唐揚。

當然，除此以外的菜色也廣受好評。

「竹筍炊飯。」

「很美味呢。」

「嗯，美味。」

「蜜雅，這邊的筑前煮也很美味——這麼報告道。」

「幫我拿。」

其他孩子們都以自己的方式在享受各種菜色。

「蜜雅，這個紅色帶子的昆布捲裡面沒有包魚肉哦。」

「佐藤。」

開心的蜜雅含住筷子微笑道。

「唐揚很好吃，但大和煮也讓人欲罷不能呢。這個昆布捲裡包的魚肉更是絕品！久違的冷豆腐太讓人受不了！放上薑末再淋上醬油簡直就是太強了——」

亞里沙似乎有她自己獨特的吃法，就隨她高興吧。

儘管有些大叔的風格，但要是吐槽這點就太不解風情了。

我在大家愉快的笑容治癒之下享用著各式的料理。

◆

用完愉快的晚餐後，我正在接待某位訪客。

當女僕通知我有來客時還以為是認識的人或者勇者相關人士，想不到卻是個初次見面的對象。

我在女僕的帶領下進入接待室。

那裡有一位粉紅色頭髮與碧色眼眸的少女在等著。

那張臉我有印象。好像是白天消滅黃皮魔族時見過的女孩。

「黑髮……日本人……」

她一看到我的臉就兩眼發光喃喃道。

然後呼出彷彿戀愛中少女一般的火熱氣息，冒出一句震撼性的發言。

「初次見面，我的勇者大人——」

這就是我和小國盧莫克的梅妮亞公主的初次見面。

後記

大家好，我是愛七ひろ。
感謝各位本次手中拿著《爆肝工程師的異世界狂想曲》第六集！
由於這次也幾乎將所有頁數都用在本篇上，所以後記僅剩下了些許篇幅。
在本書第六集中，我將賽拉的姊姊，身為勇者隨從的琳格蘭蒂提昇為重要角色，藉此重新建構了故事劇情。
在此同時，與公都貴族的交流也一併增多，和王子之間的糾葛及緣由也跟網路版有所不同。
另外，為了增添故事的奇幻度，我也增加了許多副章節。網路版中僅出現名字的某人，歷經前面幾集的鋪陳後終於在故事裡登場，還請各位期待！
最後是例行的答謝時間！責任編輯H先生、新編輯K先生，還有Ｓｈｒｉ老師、其他參與本書出版及流通販賣的相關人士，最後是一直給予支持的各位讀者。我要在此向大家表達感謝之意。

謝謝各位從頭到尾閱讀完本作品！

那麼，我們在下一集「黑龍篇」再會了！

愛七ひろ

Kadokawa Light Novels

成為魔導書作家吧！ 1 待續

Kadokawa Fantastic Novels

作者：岬 鷺宮　插畫：こちも

在這個「魔導書」開始普及的時代，
危險又快樂的寫作生涯揭開序幕！

我是新進作家亞吉羅，得到「雷神魔導書大賞」的「大賞」！這麼一來，我也名正言順成為一名魔導書作家！本應如此。太過積極的美少女責編露比（前勇者）卻以採訪為名目，強行帶我四處奔走，不得不闖遍迷宮!?

台灣角川

NT$190/HK$58

Kadokawa Light Novels

大正空想魔法夜話

墜落少女異種滅絕

Kadokawa Fantastic Novels

作者：岬 鷺宮　插畫：NOCO

與沾滿血腥的美少女一同墜落
無人倖免的暗黑夜話中——

大正年間的帝都東京，上有發條的異類怪物「活人偶」，以及使用謎樣魔法將其悉數屠殺殆盡的異端女孩「墜落少女」使百姓籠罩在噩夢之中。追訪她的少年記者亂步，在追蹤地點所見到的真相又會是……

台灣角川

NT$180/HK$55

國家圖書館出版品預行編目(CIP)資料

爆肝工程師的異世界狂想曲 / 愛七ひろ作；蔡長弦譯. -- 初版. -- 臺北市：臺灣角川，2016.04-
冊； 公分
譯自：デスマーチからはじまる異世界狂想曲
ISBN 978-986-473-023-0(第 4 冊：平裝). --
ISBN 978-986-473-229-6(第 5 冊：平裝). --
ISBN 978-986-473-375-0(第 6 冊：平裝)

861.57 105003023

Kadokawa
Fantastic
Novels

爆肝工程師的異世界狂想曲 6

（原著名：デスマーチからはじまる異世界狂想曲 6）

２０１６年11月７日　初版第１刷發行
２０２１年６月24日　初版第４刷發行

作　者：愛七ひろ
插　畫：shri
譯　者：蔡長弦

發行人：岩崎剛人
總編輯：蔡佩芬
編　輯：彭曉凡
美術設計：李思穎
印　務：李明修（主任）、張加恩（主任）、張凱棋

發　行　所：台灣角川股份有限公司
地　址：１０５台北市光復北路11巷44號５樓
電　話：（02）2747-2433
傳　真：（02）2747-2558
網　址：http://www.kadokawa.com.tw
劃撥帳戶：台灣角川股份有限公司
劃撥帳號：19487412
法律顧問：有澤法律事務所
製　版：巨茂科技印刷有限公司
ＩＳＢＮ：978-986-473-375-0